COLLECTION
LECTURE

GRAND

COSETTE

VICTOR HUGO

Raconté par
PIERRE DE BEAUMONT

HACHETTE
58, rue Jean-Bleuzen
92170 Vanves

Couverture : A. Démanest : *Sortie de maternité,* Paris, Musée de l'Assistance publique © Giraudon.

Crédits photographiques : Les photographies reproduites dans ce livre sont extraites du film « Les Misérables » et ont été obligeamment communiquées par Consortium Pathé. Photothèque Hachette.
Conception graphique : Agata Miziewicz.
Composition et maquette : Mosaïque.
Iconographie : Any-Claude Medioni.

ISBN : 2-01-155053 - X

© HACHETTE LIVRE 1995, 43, quai de Grenelle, 75905 Paris Cedex 15.

Sommaire

NOTE : les mots accompagnés d'un * dans le texte sont expliqués dans « Mots et expressions » en page 79.

L'auteur et son œuvre

Victor Hugo est né en 1802, à Besançon. Dès l'âge de 16 ans, il commence à écrire des poèmes et devient très vite célèbre. Il est récompensé par le roi.

En 1822, il publie *Odes et Poésies diverses* et épouse Adèle Foucher son amie d'enfance. Ils auront quatre enfants.

Il devient le chef de jeunes écrivains français qui se font appeler les « romantiques ». Sa pièce de théâtre *Hernani* (1830) est à l'origine d'une grande dispute entre les « romantiques », partisans d'un théâtre moderne et libre, et les « classiques », partisans d'un théâtre soumis « aux règles » et au « bon goût ». De 1830 à 1843, Hugo écrit beaucoup. Il publie des romans (*Notre-Dame de Paris*, 1831), des pièces de théâtre (*Ruy Blas*, 1838), des poèmes (*Les Feuilles d'Automne*, 1831). En 1843, il perd sa fille Léopoldine.

Hugo participe à la vie politique de son pays. Il est d'abord royaliste[1], puis il défend les pauvres. Il se bat contre la misère et la peine de mort et pour la liberté et l'école pour tous. Il attaque la politique de Napoléon III et doit, en 1851, quitter la France pendant vingt ans. Il s'installe à Guernesey, une île anglaise où il écrit de grandes œuvres comme *Les Châtiments* (1853), et *Les Misérables* qui seront terminés et publiés en 1862.

---

1. Un royaliste : personne qui veut un roi pour diriger la France.

En 1870, après le départ de l'empereur, Hugo revient triomphalement en France. Il est très célèbre et très aimé. Quand il meurt, en 1885, à l'âge de quatre-vingt-trois ans, tout le peuple de Paris le suit au Panthéon, là où sont enterrés les plus grands hommes de France.

Victor Hugo a écrit des centaines de romans, poèmes, pièces de théâtre, etc. Il est aujourd'hui l'écrivain français le plus connu dans le monde.

Repères

Les Misérables paraissent au printemps 1862. Le succès est immense et *Les Misérables* restent jusqu'à nos jours l'un des romans les plus connus de la littérature mondiale.

Roman réaliste et social, *Les Misérables* racontent toute la misère qu'il y a, en France, au XIXe siècle. Dans ce roman, Hugo défend les pauvres, les faibles et tous ceux à qui la société ne donne aucune chance d'être heureux un jour. Il veut que son livre ouvre les yeux des gens et les pousse à changer les choses.

Dans *Cosette*, Hugo parle essentiellement de l'enfance malheureuse, exploitée par les adultes. C'est qu'à cette époque, beaucoup d'enfants sont abandonnés par des parents trop pauvres pour pouvoir les élever. Certains enfants commencent à travailler dès l'âge de six ans, parfois quatorze heures par jour. On les bat, on les paye peu ou pas du tout, on ne leur donne presque rien à manger, on ne les envoie pas à l'école. Ils ne savent ni lire, ni écrire et n'ont aucun droit. Pour se défendre, certains deviennent menteurs, méchants et même voleurs. *Cosette* est le symbole de ces enfants martyrs.

Mais les gens commencent à se rendre compte que cette situation ne peut plus durer. Une première loi protégeant les enfants est votée en 1841, suivie de nombreuses autres à la fin du siècle. Grâce à ces lois, à l'œuvre d'écrivains comme Hugo, Malot ou Dickens et à l'action d'hommes bons et charitables, les enfants ont été protégés.

Résumé
du premier livre

Jean Valjean fait vivre sa sœur et ses sept petits neveux. Pendant un hiver très froid, le jeune ouvrier se trouve sans travail. Les petits enfants ont faim. Il vole pour eux un pain. On l'arrête*. On le condamne* à cinq ans de prison* et on l'envoie à Toulon.

Comme ses camarades, le prisonnier* cherche[1] à fuir. On le reprend. On le condamne de nouveau, et plusieurs fois. Quand Jean Valjean est libéré en 1815, il y a dix-neuf ans qu'il est en prison.

De Toulon, l'ancien prisonnier se rend[2] à pied à Pontarlier et à Faverolles, où il espère retrouver sa sœur et ses neveux. Dans tous les villages où il s'arrête, il doit montrer et faire signer ses papiers à la mairie. « Homme dangereux », lit-on. On a peur de lui et on le chasse[3] de partout.

À Digne, une ville des Basses-Alpes, seul un évêque[4], Monseigneur Myriel, le reçoit. Mais la haine contre tous les hommes est dans le cœur de Jean Valjean. Il vole l'argenterie[5] de l'évêque. La police l'arrête. Mais l'évêque le sauve et lui donne tout ce qui lui reste.

Jean Valjean disparaît. Il reparaît dans le Nord de la France à Montreuil-sur-Mer sous le nom de Monsieur Madeleine. C'est maintenant un homme bon, qui cherche à faire ce que Monseigneur Myriel lui a demandé.

---

1. Chercher à : essayer de.
2. Se rendre : aller quelque part.
3. Chasser : ici, donner l'ordre à quelqu'un de partir.
4. Un évêque : prêtre qui a une fonction importante dans l'église catholique.
5. L'argenterie : objets chers et précieux faits en argent.

Intelligent et travailleur, Monsieur Madeleine est nommé[1] maire[2] de la ville. Il devient riche. Il peut aider de plus en plus de malheureux, entre autres un vieil homme, Fauchelevent, qu'il place chez des religieuses à Paris et une femme pauvre, Fantine.

Celle-ci, manquant d'argent, a dû confier[3] sa petite fille Cosette à des hôteliers, les Thénardier, qu'elle croyait bons mais qui sont des gens méchants. Ils battent l'enfant et la font travailler comme si elle était déjà grande.

Monsieur Madeleine est décidé à rendre la petite à sa mère ; mais celle-ci a été arrêtée injustement par un policier du nom de Javert et est tombée gravement malade. Javert se doute[4] que Monsieur Madeleine est Jean Valjean.

Pour ne pas laisser condamner un autre homme à sa place, Madeleine reprend son ancien nom. Fantine meurt au moment où Javert vient arrêter « monsieur le maire ». Jean Valjean peut cependant passer une nuit dans les bois de Montfermeil. Il semble qu'il y cache quelque chose, sans doute de l'argent. Il est condamné à la prison à vie et renvoyé à Toulon. Nous sommes en 1823.

---

1. Être nommé : être choisi pour une fonction.
2. Maire : personne à la tête d'une ville.
3. Confier : mettre une chose ou une personne entre les mains d'une personne en qui on a confiance.
4. Se douter : penser que quelque chose est vrai sans en être tout à fait sûr.

La chaîne* casse d'un coup de marteau

Vers la fin d'octobre de l'année 1823, les habitants de Toulon voient rentrer dans leur port le vaisseau[1] l'« Orion » qui a besoin d'être réparé.

Un bateau de guerre dans un port fait venir à lui bien des curieux[2]. Le peuple aime ce qui est grand. Les quais du port de Toulon sont donc couverts de curieux, quand, un matin, dans le haut du bateau, sur la grande vergue[3], un homme fait un faux pas[4]. La tête emporte le corps. Les mains se tendent, s'accrochent à une corde et l'homme pend dans le vide. Il va et vient au bout de cette corde comme une pierre. Les curieux crient.

Lui venir à l'aide, c'est courir à la mort. Personne n'ose. Le malheureux se fatigue. On peut voir la peur sur son visage. Ses efforts pour remonter servent seulement à augmenter[5] le mouvement de la corde. On n'attend plus que la minute où il tombera.

---

1. Un vaisseau : un grand bateau.
2. Des curieux : des gens qui veulent savoir ce qui se passe.
3. Une vergue : long morceau de bois qui tend les voiles des bateaux.
4. Faire un faux pas : perdre l'équilibre.
5. Augmenter : ici, rendre plus fort.

Tout à coup, un homme monte. Cet homme est habillé de rouge, c'est un condamné à vie*. Un coup de vent emporte son chapeau et laisse voir sa tête toute blanche ; ce n'est pas un jeune homme.

Quand l'accident est arrivé, il a demandé à son chef s'il pouvait essayer de sauver l'homme. Il a cassé sa chaîne d'un coup de marteau. Celle-ci s'est ouverte facilement.

En un moment, il est sur la vergue. Il s'y arrête. (En bas, l'homme appelle une dernière fois.) Il lève les yeux au ciel et fait un pas en avant. Il traverse la vergue en courant, y attache un bout d'une corde qu'il a apportée et laisse tomber l'autre bout ; puis il se met à descendre avec les mains le long de cette corde. Alors, au lieu d'un homme, on en voit deux qui pendent au-dessus de la mer.

Mille regards sont tournés vers les deux hommes. Pas un cri, pas une parole, plus une bouche qui respire.

Enfin, on les voit remonter sur la vergue. Le vieil homme s'y arrête un moment pour laisser l'autre reprendre des forces, puis il le prend dans ses bras et le porte en marchant sur la vergue. Il le remet à ses camarades.

À ce moment, un grand cri monte. Cinq cents voix demandent : « Liberté ! Liberté pour cet homme ! »

Lui, cependant, s'est mis à descendre vers les autres prisonniers qui travaillent sur le pont[1]. Il court maintenant sur la petite vergue. Tous les yeux le suivent. À un certain moment, il semble que la tête lui tourne, il tombe à la mer à côté d'un autre bateau, l'« Algésiras ».

---

1. Le pont : plancher supérieur d'un bateau, généralement à l'air libre.

L'homme ne remonte pas. On cherche jusqu'au soir. On ne retrouve même pas le corps.

Le lendemain, 17 novembre 1823, le journal de Toulon écrit : « Un condamné à vie, qui travaillait sur le navire l'« Orion », est tombé à la mer en revenant de sauver la vie à un homme ; il portait le numéro 9430 et se nommait Jean Valjean. »

L' eau à Montfermeil

En 1823, Montfermeil est un village tout en longueur au fond des bois. La route qui le traverse ne conduit à rien. On y rencontre bien quelques belles vieilles maisons, mais elles sont rares. La vie est facile. Tout est bon marché*. Cependant l'eau est rare et il faut aller la chercher assez loin. Les habitants du sud du village la prennent à de grands étangs[1]. Les autres, qui sont au nord près de l'église, trouvent une bonne eau seulement à une petite source[2] dans les bois, à environ un quart d'heure de Montfermeil.

C'est donc un dur travail que d'aller chercher de l'eau. Les grosses maisons – l'hôtellerie Thénardier en fait partie – paient un quart de sou* par seau à un homme ; mais cet homme travaille seulement jusqu'à sept heures du soir l'été et jusqu'à cinq heures l'hiver. Une fois la nuit venue, celui qui n'a pas d'eau à boire va en chercher ou s'en passe[3].

---

1. Un étang : étendue d'eau douce (sans sel).
2. Une source : endroit où l'eau sort du sol.
3. Se passer de quelque chose : ne pas l'utiliser.

Chez les Thénardier, aller en chercher est le travail d'une pauvre enfant, la petite Cosette. Cosette était utile aux Thénardier de deux façons : ils se faisaient payer par la mère et ils se faisaient servir par l'enfant. Aussi, quand la mère s'arrête de payer, les Thénardier gardent Cosette. Elle leur sert de servante. L'enfant a peur d'aller à la source la nuit ; elle veille à[1] ce que l'eau ne manque jamais à la maison.

Le 24 décembre 1823, il n'a pas encore neigé à Montfermeil. Le commencement de l'hiver a été doux. Des marchands de passage[2] ont tendu leurs tentes[3] sur la place de l'église et jusque dans la rue du Boulanger où se trouve l'hôtel des Thénardier. Cela donne un peu de vie à ce petit village tranquille.

Le soir même de Noël, plusieurs hommes sont attablés[4] et boivent autour de quatre ou cinq lampes dans la grande salle de l'hôtel Thénardier. Cette salle ressemble à toutes les salles d'hôtel ; des tables, des verres, des bouteilles, des buveurs, des fumeurs[5] ; peu de lumières, beaucoup de bruit. La Thénardier[6] prépare la cuisine devant un bon feu clair. Le mari boit avec les clients.

---

1. Veiller à : faire attention.
2. De passage : qui sont là pour peu de temps.
3. Une tente : une sorte de maison en tissu qu'on met et qu'on enlève facilement.
4. S'attabler : s'asseoir devant une table.
5. Buveurs, fumeurs : gens qui boivent, qui fument.
6. La Thénardier : la femme Thénardier.

Les Thénardier

Nous connaissons encore mal les Thénardier. Le moment est venu de mieux les regarder.

Thénardier vient d'avoir cinquante ans ; Mme Thénardier touche[1] à la quarantaine.

Les lecteurs se rappellent certainement cette Thénardier, grande, brune, rouge, carrée. Elle fait tout dans la maison, les lits, les chambres, la cuisine, la pluie, le beau temps[2]. Cosette est sa seule servante. Les vitres, les fenêtres, les gens, tout remue quand la Thénardier passe. Elle a de la barbe[3]. Elle casse une planche[4] d'un coup de poing. Quand on l'entend parler, on dit : « C'est un gendarme*. » Quand on la voit battre Cosette, on dit : « C'est une mauvaise femme. »

Le Thénardier est un homme petit, maigre, jaune de peau, osseux[5], qui a l'air malade mais qui se porte bien. C'est par là qu'il commence à mentir. Il sourit et il est poli à peu près avec tout le monde, même avec le pauvre à qui il refuse un quart de sou. Il boit avec tous ceux qui passent. Il fume dans une grosse pipe. On se souvient qu'il dit avoir été soldat[6]. Il raconte souvent comment seul il a sauvé un homme « dangereusement blessé ».

---

1. Elle touche à la quarantaine : elle a presque quarante ans.
2. Faire la pluie et le beau temps : expression qui veut dire faire faire aux autres tout ce qu'on veut.
3. La barbe : poils du visage.
4. Une planche : un bout de bois long et plat.
5. Osseux : ici, on lui voit les os sous la peau.
6. Un soldat : son métier est de se battre pour son pays.

Thénardier peut se mettre en colère tout autant que sa femme ; mais cela est très rare. Quand cela lui arrive, il est plus mauvais qu'elle. Malheur à qui tombe sous sa main... Il est de ceux qui sont toujours prêts à se jeter sur le premier venu[1]. Avec tout cela, Thénardier est attentif, silencieux quand il le faut et intelligent.

Tout nouveau venu qui entre dans la maison dit en voyant la Thénardier : « Voilà le maître de maison. » Il se trompe. Elle n'est même pas la maîtresse. Le maître et la maîtresse, c'est lui. Il la conduit d'un mot, quelquefois d'un signe. Le Thénardier est pour la Thénardier une sorte de roi. Jamais elle ne donne tort à son mari sur quoi que ce soit. Cette montagne de bruit et d'os remue sous le petit doigt d'un homme. Lui, l'homme, n'a qu'une pensée : s'enrichir*. Mais il reste pauvre. Bien plus, en 1823, il doit* quinze cents francs.

Entre cette femme et cet homme, Cosette est comme la mouche dans la toile de l'araignée[2]. Elle monte, descend, lave, brosse, frotte[3], balaie[4], court, remue des choses lourdes, et, toute petite, fait les gros travaux[5]. Elle reçoit des coups et marche l'hiver les pieds nus. Les coups viennent de la femme, les pieds nus du mari.

---

1. Le premier venu : la première personne qui arrive, n'importe qui.
2. Une araignée : insecte aux pattes longues qui tisse une toile pour attraper les mouches ou d'autres insectes et les manger.
3. Frotter : bien nettoyer en appuyant fort.
4. Balayer : nettoyer le sol avec un balai.
5. Les gros travaux : les travaux difficiles que font d'habitude les hommes.

*I*l faut du vin aux hommes et de l'eau aux chevaux

Quatre nouveaux voyageurs sont arrivés. Cosette, malgré ses huit ans, a déjà tant souffert qu'elle rêve, avec l'air triste d'une vieille femme. Elle a l'œil noir à cause d'un coup de poing de la Thénardier, ce qui fait dire de temps en temps à cette femme : « Est-elle laide, avec son noir sur l'œil ! » Elle pense qu'il fait nuit, très nuit, qu'il a fallu remplir les pots dans les chambres des voyageurs, et qu'il n'y a plus d'eau dans la maison. Heureusement, on n'en boit pas beaucoup chez Thénardier.

Tout à coup la Thénardier soulève le couvercle d'une casserole qui bout sur le fourneau, puis prend un verre et veut le remplir. L'enfant lève la tête et suit tous les mouvements de la femme. Il n'y a plus qu'un demi-verre d'eau. « Tiens, dit la femme, il n'y a plus d'eau ! », puis elle se tait. L'enfant ne respire pas. « Bah ! reprend la Thénardier en regardant le verre à demi plein, il y en aura assez comme cela. »

Cosette se remet à son travail, mais pendant plus d'un quart d'heure elle sent son cœur sauter dans sa poitrine. Elle compte les minutes qui coulent ainsi et voudrait bien être au lendemain. De temps en temps, un des hommes regarde dans la rue et s'écrie : « Comme il fait noir ! »

Tout à coup, un des marchands logés dans l'hôtel entre, et dit d'une voix dure :

« On n'a pas donné à boire à mon cheval.

– Mais si, dit la Thénardier.

– Je vous dis que non, la mère ! »

Cosette sort de dessous la table. « Oh ! si ! monsieur, dit-elle, le cheval a bu dans le seau, plein le seau, et même c'est moi qui lui ai porté à boire, et je lui ai parlé. » Cela n'est pas vrai.

« En voilà une qui est grosse comme le poing et qui ment gros comme la maison, s'écrie le marchand. Je te dis qu'il n'a pas bu, petite menteuse. Il a une façon de se tenir quand il n'a pas bu que je connais bien ! »

Cosette ajoute d'une voix qu'on entend à peine : « Et même il a bien bu !

– Allons, reprend le marchand avec colère, je veux qu'on donne à boire à mon cheval ! »

Cosette rentre sous la table. « Au fait, c'est juste, dit la Thénardier, si cette bête n'a pas bu, il faut qu'elle boive. » Puis regardant autour d'elle : « Eh bien, où est donc la menteuse ? » Elle se penche et voit Cosette à l'autre bout de la table presque sous les pieds des clients*. « Mademoiselle Chien-sans-nom, va porter à boire à ce cheval !

– Mais, madame, dit Cosette, faiblement, c'est qu'il n'y a pas d'eau. » La Thénardier ouvre toute grande la porte de la rue : « Eh bien, va en chercher ! »

Cosette baisse la tête, et prend un seau vide qui est au coin de la cheminée. Ce seau est plus grand qu'elle, et l'enfant pourrait s'asseoir dedans et y tenir facilement. La Thénardier se remet à son fourneau et dit : « Il y en a à la source. Ce n'est pas difficile d'y aller… » Puis elle cherche dans une armoire où il y a des sous et du sel. « Tiens, mon chien, ajoute-t-elle, en revenant, tu prendras un gros pain chez le boulanger. Voilà une pièce de quinze sous. »

Cosette a une petite poche de côté à son vêtement ; elle prend la pièce sans dire un mot, et la met dans cette poche. Puis elle reste, le seau à la main, devant la porte ouverte. Elle semble attendre qu'on vienne à son aide.

« Va donc ! » crie la Thénardier.

Cosette sort. La porte se referme.

Une poupée étonnante

Il y a des boutiques près de l'hôtel Thénardier. Jusqu'à minuit, ces boutiques sont éclairées par de petites lampes. Mais on ne voit pas une étoile dans le ciel.

Dans la dernière de ces boutiques, en face de la porte des Thénardier, le marchand a placé, sur un fond de serviettes blanches, une poupée[1] haute de près de deux pieds. Elle est habillée d'une robe rose. Elle a de vrais cheveux, des yeux bleus. Toute la journée les enfants de moins de dix ans l'ont regardée. Mais il ne s'est pas trouvé à Montfermeil une mère assez riche pour la donner à son enfant. Éponine et Azelma ont passé des heures devant elle, et Cosette elle-même, rapidement il est vrai, a osé la regarder de loin.

Au moment où Cosette sort, son seau à la main, elle ne peut s'empêcher de lever les yeux sur cette poupée si belle. La pauvre enfant s'arrête. Elle n'a pas encore vu cette poupée de près. Ce sont la beauté, la richesse, le bonheur qui apparaissent[2] à ce malheureux petit être . Elle regarde cette belle

---

1. Une poupée : jouet qui ressemble à un bébé ou à une petite fille.
2. Apparaître : ici, se montrer.

poupée rose, ces beaux cheveux d'or, et elle pense :
« Comme elle doit être heureuse, cette poupée-là ! »

Ses yeux ne peuvent quitter cette boutique. Elle croit
voir le ciel. Il y a d'autres poupées derrière la grande.
Le marchand qui va et vient dans le fond lui semble
être lui-même un dieu.

Elle oublie tout quand la voix de la Thénardier la
rappelle à la vie : « Comment, chienne, tu n'es pas
partie ! Attends ! Je vais te battre ! » Cosette se sauve,
emportant son seau et faisant les plus grands pas
qu'elle peut.

*L*a petite toute seule

L'hôtel Thénardier est dans cette partie du village qui est près de l'église. C'est à la source du bois, du côté de Chelles, que Cosette doit aller prendre de l'eau.

Tant qu'il y a des maisons et même seulement des murs des deux côtés de son chemin, elle va assez bien. L'éclair[1] d'une lampe à travers une fenêtre, c'est de la vie. Il y a là des gens et cela l'empêche d'avoir peur. Cependant, elle avance déjà plus lentement. Quand elle a passé la dernière maison, elle s'arrête.

Elle pose le seau à terre et passe la main dans ses cheveux. Maintenant, ce n'est plus Montfermeil, ce sont les champs. La campagne est noire devant elle. Elle regarde avec désespoir[2] cette ombre où il n'y a plus personne, où il y a des bêtes. Elle les entend qui marchent dans l'herbe, qui remuent dans les arbres. Alors, elle reprend le seau. « Bah ! dit-elle, je lui dirai qu'il n'y a plus d'eau. » Et elle rentre à Montfermeil.

Elle s'arrête. Maintenant, c'est la Thénardier qui lui apparaît ; la Thénardier avec sa bouche grande comme le trou du fourneau et la colère[3] dans les yeux. L'enfant jette un regard triste en avant et en arrière. Que faire ? Que devenir ? Où aller ? Devant elle la Thénardier ; derrière elle, toutes les bêtes de la nuit et des bois.

---

1. Un éclair : une lumière forte et rapide.
2. Le désespoir : grande tristesse, grand malheur, ici grande peur.
3. La colère : quand on est très fâché on est en colère.

C'est devant la Thénardier qu'elle recule. Elle reprend le chemin de la source et se met à courir. Elle sort du village en courant, elle entre dans le bois en courant, ne regardant plus rien, n'écoutant plus rien. Elle arrête sa course seulement quand elle ne peut plus respirer. Elle entre dans la nuit, droit devant elle, sans penser, sans voir, avec l'envie de pleurer.

Il n'y a que sept à huit minutes de l'entrée du bois à la source. Cosette connaît le chemin pour l'avoir fait bien souvent le jour. Elle ne se perd[1] pas. Elle ne regarde cependant ni à droite ni à gauche de peur de voir des choses dans les arbres. Elle arrive enfin.

La source est profonde d'environ la longueur de deux pieds, entourée d'herbes. Cosette la connaît bien. Elle cherche de la main gauche un jeune chêne[2], rencontre une branche, s'y pend et lance le seau en avant. Pendant qu'elle se penche ainsi elle ne voit pas que sa poche se vide. La pièce de quinze sous tombe à l'eau. L'enfant ne l'entend pas tomber. Elle retire[3] le seau plein et le pose sur l'herbe.

Cela fait, elle se sent très fatiguée. Elle voudrait bien repartir tout de suite ; mais l'effort pour remplir le seau a été si grand qu'il lui est impossible de faire un pas. Elle est obligée de s'asseoir. Elle se laisse tomber sur l'herbe et y reste couchée.

Au-dessus de sa tête, le ciel est couvert de gros nuages, noirs comme de la fumée. L'ombre épaissit[4] encore. Un vent froid traverse la plaine[5]. Il remue les branches des arbres ; et des herbes emportées par

---

1. Se perdre : ne pas trouver son chemin.
2. Un chêne : arbre au bois dur.
3. Retirer : enlever.
4. Épaissir : devenir plus épais.
5. Une plaine : grande étendue plate.

le vent passent rapidement comme si elles se sauvaient devant quelque chose qui arrive.

Les mots manquent pour dire ce que sent l'enfant... Elle se met à compter à haute voix : un, deux, trois, quatre, jusqu'à dix, et, quand elle a fini, elle recommence.

Cela l'aide au début ; mais pas longtemps. L'eau de la source a mouillé ses mains. Elle a froid. La peur la reprend. Elle n'a plus qu'une pensée, se sauver, courir à travers bois, à travers champs, jusqu'aux maisons, jusqu'aux fenêtres, jusqu'à la lumière. Mais le visage de la Thénardier lui apparaît... Elle prend le seau à deux mains. Elle a de la peine à le soulever.

Elle fait une douzaine de pas, mais le seau est lourd, elle est obligée de le reposer à terre. Elle respire un moment, le reprend, se remet à marcher cette fois un peu plus longtemps. Mais il faut s'arrêter encore. Après une demi-minute, elle repart. Elle marche, penchée en avant, la tête baissée, comme une vieille ; le poids du seau tend ses bras maigres ; ses petites mains mouillées ont froid sur le fer ; de temps en temps elle doit s'arrêter, et, chaque fois qu'elle s'arrête, de l'eau froide tombe sur ses jambes.

Cela se passe au fond d'un bois, la nuit, en hiver, loin de tout ; c'est une enfant de huit ans. Il n'y a que Dieu en ce moment qui voit cette chose triste. Et sans doute sa mère, hélas ! Car il est des choses qui font ouvrir les yeux aux mortes dans leur tombeau[1].

Elle pousse une sorte de plainte[2], mais elle n'ose pas pleurer, tant elle a peur de la Thénardier, même

---

1. Un tombeau : endroit où sont couchés les morts.
2. Une plainte : petit cri qu'on pousse quand on a mal ou qu'on est malheureux.

de loin. Elle croit que cette femme est toujours derrière elle.

Elle va très lentement. Elle comprend qu'il lui faudra plus d'une heure pour retourner ainsi à Montfermeil et que la Thénardier la battra. La pensée des coups à venir se mêle à sa peur d'être seule dans le bois la nuit. Elle est déjà si fatiguée ! Et elle n'est pas encore sortie de la forêt. Arrivée près d'un gros arbre creux qu'elle connaît bien, elle s'arrête une nouvelle fois, puis se remet à marcher courageusement. Cependant, le pauvre petit être déses-

péré ne peut s'empêcher de s'écrier[1] : « Ô mon Dieu !
mon Dieu ! »

À ce moment, elle sent tout à coup que le seau ne
pèse plus rien… Une main, qui lui paraît très grosse,
vient de le soulever. Elle lève la tête. Une grande
forme noire, droite et debout, marche à son côté. C'est
un homme qui est arrivé derrière elle et qu'elle n'a
pas entendu venir. Cet homme, sans dire un mot, a
pris le seau qu'elle portait.

L'enfant n'a pas peur.

D'où vient l'homme ?

Dans l'après-midi de cette même journée de Noël
1823, un homme se promenait boulevard de l'Hôpital
à Paris. Il avait déjà loué* une chambre dans le
quartier[2]. Cependant il avait l'air de chercher et il
s'arrêtait devant les maisons les plus misérables. On
voyait qu'il n'était pas du quartier et peut-être de Paris.

Cet homme avait des habits pauvres, mais très
propres. Il portait un chapeau rond, vieux et souvent
brossé[3], une veste très usée[4] en gros drap[5] jaune, des
culottes[6] grises devenues noires aux genoux, des bas
de laine noire et d'épais souliers. À ses cheveux tout
blancs, à son front, à ses lèvres, à son visage fatigué,
on lui aurait donné plus de soixante ans ; à son pas,
cinquante seulement. Il tenait dans sa main gauche

---

1. S'écrier : dire quelque chose rapidement et fort.
2. Un quartier : partie d'une ville.
3. Brossé : ici, nettoyé avec une brosse.
4. Usé : vieux, qui a été trop utilisé.
5. Le drap : du tissu peu cher.
6. Des culottes : vêtement d'homme qui va de la taille au genou.

un petit paquet, dans la droite un bâton. Il ne parlait pas aux passants et se cachait quand il voyait des agents de police. L'un de ceux-ci le remarque et essaie de le suivre. Mais l'homme disparaît[1] dans de petites rues.

Il se retourne bien des fois pour voir s'il n'est pas suivi. À quatre heures un quart, c'est-à-dire à la nuit tombante, il passe devant un théâtre où l'on donne ce jour-là : « Les deux condamnés ». Il regarde un moment. Puis, quelques rues plus loin il s'arrête devant une voiture qui doit partir pour Lagny à quatre heures et demie. Les chevaux sont prêts. Les voyageurs montent.

L'homme demande :

« Avez-vous une place ?

– Une seule, à côté de moi, dit le conducteur[2].

– Je la prends.

– Montez. »

Cependant, avant de partir, le conducteur jette un coup d'œil[3] sur les vêtements pauvres du voyageur et se fait payer.

On part. Le conducteur parle, mais le voyageur répond à peine.

Il fait froid. On traverse Gournay et Neuilly-sur-Marne.

Vers six heures du soir on est à Chelles. Le conducteur s'arrête pour faire reposer ses chevaux.

« Je descends ici », dit l'homme.

Il prend son paquet et son bâton, et saute à bas de la voiture. Un moment après, il a disparu.

Le conducteur se retourne vers les voyageurs de l'intérieur.

---

1. Disparaître : cesser d'être visible.
2. Un conducteur : personne qui conduit une voiture.
3. Jeter un coup d'œil : regarder rapidement.

« Voilà, dit-il, un homme qui n'est pas d'ici, car je ne le connais pas. Il a l'air de n'avoir pas d'argent, mais il paie jusqu'à Lagny, et il ne va que jusqu'à Chelles. Il fait nuit. Toutes les maisons sont fermées. Il n'entre pas à l'hôtel. Où peut-il aller ? »

C'est une nuit de décembre très noire. On voit à peine deux ou trois étoiles au ciel. Mais l'homme sait où il va. Il traverse dans l'ombre la grande rue de Chelles ; puis il prend à gauche, avant d'arriver à l'église, le chemin qui mène à Montfermeil.

Il suit ce chemin rapidement et, peu avant le village de Montfermeil, il tourne à droite, à travers champs, et marche à grands pas vers le bois.

Quand il est dans le bois, il va lentement, et se met à regarder soigneusement[1] tous les arbres, avançant pas à pas, comme s'il suivait une route connue de lui seul. Il y a un moment où il paraît se perdre et où il s'arrête. Enfin il arrive à de grosses pierres blanches. Il marche rapidement vers ces pierres et les regarde avec attention. Un gros arbre est à quelques pas du tas[2] de pierres. Il va à cet arbre, puis se retourne.

En face, se trouve un vieil arbre creux. Il avance vers lui, puis il regarde le sol : la terre n'a pas été remuée. Alors il reprend sa marche à travers bois.

C'est cet homme que vient de rencontrer Cosette.

Il a aperçu cette petite ombre qui s'arrête, pose quelque chose, puis le reprend et se remet à marcher en poussant des plaintes. Il a reconnu que c'est une toute petite fille chargée d'un seau d'eau plus gros qu'elle. Alors il est allé à l'enfant et l'a aidée sans rien dire.

---

1. Soigneusement : en faisant bien attention, avec soin.
2. Un tas de pierres : plusieurs pierres les unes sur les autres.

Cosette dans l'ombre avec un inconnu

Cosette, nous l'avons dit, n'a pas peur.

L'homme lui adresse la parole. Il parle d'une voix basse. « Mon enfant, c'est bien lourd pour vous ce que vous portez là. »

Cosette lève la tête et répond : « Oui, monsieur. »

« Laissez-moi faire, reprend l'homme. Je vais le porter tout seul. » Cosette le laisse faire. Ils marchent.

« C'est très lourd en effet », dit-il entre ses dents. Puis il ajoute : « Petite, quel âge as-tu ?

– Huit ans, monsieur.

– Et tu viens de loin comme cela ?

– De la source.

– Et c'est loin où tu vas ?

– À un bon quart d'heure d'ici. »

L'homme reste un moment sans parler, puis il dit : « Tu n'as donc pas de mère ? – Je ne sais pas, répond l'enfant. Je crois que je n'en ai jamais eu. »

L'homme s'arrête, il pose le seau à terre, se penche et met ses deux mains sur les deux épaules de l'enfant, faisant un effort pour la regarder et voir son visage dans le noir.

« Comment t'appelles-tu ? dit l'homme.

– Cosette. »

L'homme semble avoir reçu un coup. Il la regarde encore, puis il ôte[1] ses mains de dessus les épaules de Cosette, prend le seau et se remet à marcher.

---

1. Ôter : enlever.

Au bout d'un moment, il demande :

« Petite, où demeures-tu ? – À Montfermeil.

– C'est là que nous allons ? – Oui, monsieur. »

Il se tait encore un moment, puis recommence : « Qui est-ce donc qui t'a envoyée à cette heure chercher de l'eau dans le bois ?

– C'est Mme Thénardier. »

L'homme reprend d'une voix qui fait effort pour paraître indifférente[1] :

« Qu'est-ce qu'elle fait, ta Mme Thénardier ?

– C'est ma patronne, dit l'enfant. Elle tient[2] l'hôtellerie.

– L'hôtellerie ? dit l'homme. Eh bien, je vais aller y coucher cette nuit. Conduis-moi.

– Nous y allons », dit l'enfant.

L'homme marche assez vite. Cosette le suit sans peine. Elle ne sent plus sa fatigue. De temps en temps, elle lève les yeux vers cet homme avec une sorte de tranquillité. Jamais on ne lui a appris à se tourner vers Dieu et à prier. Cependant elle sent en elle quelque chose qui ressemble à une prière.

Quelques minutes passent. L'homme reprend : « Est-ce qu'il n'y a pas de servante chez Mme Thénardier ? – Non, monsieur.

– Est-ce que tu es seule ? – Oui, monsieur. »

Il y a encore un silence. Cosette élève la voix : « C'est-à-dire, il y a deux petites filles.

– Quelles petites filles ?

– Ponine et Zelma.

– Qu'est-ce que Ponine et Zelma ?

– Ce sont les filles de Mme Thénardier.

---

1. Indifférent : ici, l'homme parle comme si ses paroles n'avaient pas d'importance.
2. Tenir : ici, diriger.

– Et que font-elles, celles-là ?

– Oh ! dit l'enfant, elles ont de belles poupées, des choses où il y a de l'or, tout plein d'affaires. Elles jouent, elles s'amusent.

– Toute la journée ?

– Oui, monsieur. »

Elle continue après un silence :

« Quelquefois, quand j'ai fini le travail et quand on me le permet, je m'amuse aussi.

– Comment t'amuses-tu ?

– Comme je peux. On me laisse. Mais je n'ai pas beaucoup de jouets. Ponine et Zelma ne veulent pas que je joue avec leurs poupées. »

Ils arrivent au village ; Cosette conduit l'étranger dans les rues. Ils passent devant la boulangerie, mais Cosette ne pense pas au pain qu'elle devait rapporter. L'homme ne lui pose plus de questions et garde maintenant un silence triste. Quand ils laissent l'église derrière eux et quand il voit toutes ces boutiques en plein vent, il demande : « Qu'y a-t-il donc ici ?

– Monsieur, c'est Noël. »

Arrivés près de l'hôtellerie, Cosette lui touche le bras.

« Monsieur ? dit-elle.

– Quoi, mon enfant ?

– Nous voilà tout près de la maison.

– Eh bien ?

– Voulez-vous me laisser reprendre le seau ?

– Pourquoi ?

– C'est que, si madame voit qu'on me l'a porté, elle me battra. »

L'homme lui rend le seau. Un moment après, ils sont à la porte de l'hôtel.

Un pauvre qui est peut-être un riche

Cosette jette un regard du côté de la grande poupée, puis elle frappe. La porte s'ouvre. La Thénardier paraît, une lampe à la main.

« Ah ! c'est toi ! dit-elle. Tu as mis bien longtemps ! Tu t'es encore amusée !

– Madame, dit Cosette, toute tremblante, voilà un monsieur qui vient coucher. »

La Thénardier remplace son air mauvais par un sourire, et cherche des yeux le nouveau venu.

« C'est monsieur ? demande-t-elle.

– Oui, madame », répond l'homme en saluant.

Les voyageurs riches ne sont pas si polis. La Thénardier d'un coup d'œil mesure[1] l'habit et les moyens* de l'étranger. Elle reprend sèchement[2] : « Entrez. »

L'homme entre. La Thénardier lui jette un deuxième coup d'œil. Elle voit la veste usée et le chapeau, puis fait un signe à son mari qui est comme d'habitude en train de boire. Le mari répond par un mouvement de la main qui veut dire : pas d'argent.

Alors, la Thénardier s'écrie :

« Ah ! çà, excusez-moi, mais je n'ai plus de place.

– Mettez-moi où vous voudrez, dit l'homme, au grenier[3] ou avec les chevaux, si vous voulez. Je

---

1. Mesurer : ici, essayer de savoir ce que l'habit vaut et si l'homme est riche.
2. Sèchement : d'une façon peu aimable.
3. Un grenier : pièce qui se trouve juste sous le toit ; on n'y habite pas mais on y range d'habitude les vieilles choses.

paierai comme si j'avais une chambre.

– Quarante sous.

– Quarante sous, si vous voulez.

– C'est bien.

– Quarante sous ! dit un client bas à la Thénardier, mais c'est seulement vingt sous.

– C'est quarante sous pour lui, répond la Thénardier. Je ne reçois pas de pauvres à moins.

– C'est vrai, ajoute le mari avec douceur ; ça fait du tort à la maison[1] d'avoir ces gens-là. »

Cependant, l'homme, après avoir laissé sur un banc son paquet et son bâton, s'est mis à une table où Cosette a posé rapidement une bouteille de vin et un verre. Le marchand qui a demandé le seau d'eau est allé lui-même le porter à son cheval. Cosette a repris sa place sous la table de cuisine et son tricot.

L'homme, qui touche à peine le vin de son verre, regarde l'enfant avec attention. Cosette est laide.

---

1. Cela fait du tord à la maison : ici, ça donne une mauvaise idée de l'hôtel.

Heureuse, elle serait peut-être jolie. Elle est maigre. Elle a près de huit ans, on lui en donne à peine six. Ses grands yeux creux ont trop pleuré. Les coins de sa bouche sont ceux des condamnés ou des malades désespérés. Le feu qui l'éclaire en ce moment fait ressortir[1] ses os et sa maigreur. Elle a toujours froid, elle a pris l'habitude de serrer ses deux genoux l'un contre l'autre. Elle n'a sur elle que de la toile trouée[2] ; pas un chiffon de laine. Au travers, on voit sa peau çà et là et parfois des taches bleues et noires aux endroits où la Thénardier l'a frappée. Tout en cette enfant, sa voix, son regard, son silence, montre un seul sentiment : la peur.

La peur lui fait tenir le moins de place possible, ne la laisse respirer que le nécessaire[3]. Cette peur est si forte qu'en arrivant toute mouillée comme elle est, elle n'a pas osé aller se sécher[4] au feu et s'est remise silencieusement à son travail.

Jamais, nous l'avons dit, elle n'a su ce que c'est que prier, jamais elle n'a mis le pied dans une église. « Est-ce que j'ai le temps, moi, d'y aller ? » répète la Thénardier.

L'homme à la veste jaune ne quitte pas Cosette des yeux. Tout à coup la Thénardier s'écrie : « Et ce pain ? » Cosette, comme chaque fois que la Thénardier élève la voix, sort bien vite de dessous la table. Elle a tout à fait oublié ce pain ; mais, pareille à tous les enfants qui ont peur, elle ment.

« Madame, la boulangerie était fermée.

– Il fallait frapper.

– J'ai frappé, madame.

---

1. Faire ressortir : montrer encore plus.
2. La toile trouée : un tissu peu chaud et plein de trous.
3. Le nécessaire : ici, ce qu'il faut pour vivre.
4. Se sécher : enlever l'eau qu'on a sur le corps.

– Eh bien ?

– Le boulanger n'a pas ouvert.

– Je saurai demain si c'est vrai, dit la Thénardier, et si tu mens, tu seras battue. En attendant, rends-moi la pièce de quinze sous. »

Cosette met la main dans sa poche. La pièce de quinze sous n'y est plus.

« Ah ! çà, dit la Thénardier, m'as-tu entendue ? »

Cosette retourne sa poche, il n'y a rien. Qu'est-ce que cet argent peut être devenu ? La malheureuse enfant ne sait pas quoi dire.

« Est-ce que tu l'as perdue, la pièce de quinze sous ? crie la Thénardier, ou bien est-ce que tu veux me la voler ? »

En même temps, elle tend le bras vers un bâton.

Ce mouvement rend à Cosette la force de crier :

« Pardon ! Madame ! Madame ! je ne le ferai plus. »

La Thénardier prend le bâton. Cependant, l'homme à la veste jaune a sorti quelque chose de sa poche. Personne ne le remarque. Les autres voyageurs boivent ou jouent aux cartes et ne font attention à rien. Cosette s'est reculée dans un coin de la salle, essayant de se cacher ; la Thénardier lève le bras.

« Pardon, madame, dit l'homme ; mais, tout à l'heure j'ai vu quelque chose qui est tombé de la poche de cette petite et qui a roulé. C'est peut-être cela. » En même temps, il se baisse et paraît chercher à terre un moment. « Justement. Voici », reprend-il en se relevant. Et il tend une pièce d'argent à la Thénardier.

« Oui, c'est cela », dit-elle.

Ce n'est pas cela. C'est une pièce de vingt sous. La Thénardier sourit, met la pièce dans sa poche. Puis elle jette un regard dur à l'enfant et elle lui dit :

« Que cela n'arrive plus ! »

Cosette rentre sous « sa » table, et son regard commence à prendre, en regardant le voyageur inconnu, une lumière qu'il n'a jamais eue encore.

« Voulez-vous dîner ? » demande enfin la Thénardier au voyageur. Il ne répond pas. Il semble rêver.

« Qu'est-ce que c'est que cet homme-là ? dit-elle entre ses dents. C'est un vrai pauvre. Cela n'a pas le sou pour souper. Me paiera-t-il mon logement[1] au moins ? Il est heureux tout de même qu'il n'ait pas eu l'idée de voler l'argent qui était à terre. »

Cependant, une porte s'est ouverte et Éponine et Azelma sont entrées. Ce sont vraiment deux jolies petites filles, l'une avec des cheveux bruns, l'autre avec des cheveux noirs, toutes deux gaies, propres, grasses, fraîches. Elles sont chaudement habillées. Dans leurs vêtements, dans leur gaieté, dans le bruit qu'elles font, il y a de la joie pour tous. Quand elles entrent, la Thénardier leur dit avec amour : « Ah ! vous voilà donc vous autres ! » Puis les prenant sur ses genoux l'une après l'autre, elle arrange leurs cheveux.

Les deux petites vont ensuite s'asseoir au coin du feu. Elles ont une poupée qu'elles tournent et retournent avec toutes sortes de petits cris joyeux. De temps en temps, Cosette lève les yeux de son tricot et les regarde jouer d'un air triste. Éponine et Azelma ne regardent pas Cosette. C'est pour elles comme le chien. La poupée des sœurs Thénardier est très vieille et toute cassée, mais elle paraît belle à Cosette qui n'a jamais eu une poupée, une « vraie poupée », pour parler la langue des enfants.

---

1. Le logement : ici, la chambre.

Tout à coup, la Thénardier, qui continue d'aller et de venir dans la salle, s'aperçoit[1] que Cosette, au lieu de travailler, s'occupe des petites qui jouent. « Ah ! crie-t-elle, c'est comme cela que tu travailles ! Je vais te faire travailler à coups de bâton, moi. »

L'étranger, sans quitter sa chaise, se tourne vers la Thénardier. « Madame, dit-il en souriant avec gentillesse, bah ! laissez-la jouer ! »

Venant de tout autre voyageur qui aurait mangé de la viande et bu deux bouteilles de vin à son dîner et qui n'aurait pas eu l'air d'un pauvre, une pareille demande aurait été un ordre[2]. Mais qu'un homme qui a ce chapeau et cette veste se permette de parler ainsi, c'est trop ! La Thénardier répond :

« Il faut qu'elle travaille, si elle veut manger.

– Qu'est-ce qu'elle fait donc ? » reprend l'étranger de cette voix douce, si curieuse[3].

La Thénardier dit : « Des bas, s'il vous plaît. Des bas pour mes petites filles qui n'en ont pas. »

L'homme regarde les pauvres pieds rouges de Cosette, et continue :

« Quand aura-t-elle fini ces bas ?

– Elle en a encore au moins pour trois ou quatre jours.

– Et combien peut valoir cette paire de bas, quand elle sera faite ? »

La Thénardier le regarde d'un œil dur.

« Au moins trois sous.

– Les donneriez-vous pour cinq francs ? reprend l'homme.

– Par Dieu ! s'écrie avec un gros rire un client qui écoute, cinq francs ! Je crois bien ! »

---

1. S'apercevoir : se rendre compte, voir et comprendre.
2. Un ordre : quelque chose qu'on nous demande de faire et qu'on doit faire.
3. Curieux : ici, bizarre.

Le Thénardier croit devoir dire :

« Oui, monsieur, si cela vous amuse, on vous donne ces bas pour cinq francs. Nous ne savons rien refuser aux voyageurs.

– Il faudrait payer tout de suite, dit la Thénardier.

– J'achète ces bas, répond l'homme, et, ajoute-t-il en tirant de sa poche une pièce de cinq francs qu'il pose sur la table, je paie. »

Puis il se tourne vers Cosette. « Maintenant ton travail est à moi. Joue, mon enfant. »

Cependant, Cosette tremble. Elle ose pourtant demander : « Madame, est-ce que c'est vrai ? Est-ce que je peux jouer ?

– Joue ! dit la Thénardier d'une voix mauvaise.

– Merci, madame », dit Cosette.

Et pendant que sa bouche remercie la Thénardier, toute sa petite âme remercie le voyageur.

Le Thénardier s'est remis à boire. Sa femme lui dit à l'oreille :

« Qu'est-ce que ça peut être que cet homme jaune ?

– J'ai vu, répond Thénardier, des millionnaires* qui avaient des vestes comme ça. »

Cosette a laissé là son tricot, mais elle n'a pas bougé de sa place. Elle remue le moins possible. Elle a pris de vieux chiffons dans une boîte derrière elle.

Éponine et Azelma ne font aucune attention à ce qui se passe. Elles viennent de réussir une opération très importante, elles ont jeté leur poupée à terre et elles ont pris le petit chat. Malgré ses cris, Éponine l'habille de chiffons rouges et bleus. Tout en faisant ce difficile travail, elle dit à sa sœur :

« Vois-tu, ma sœur, cette poupée-là est plus amusante que l'autre. Elle remue, elle crie, elle est chaude. Vois-tu, ma sœur, jouons avec. Ce serait ma petite fille. Je serais une dame. Je viendrais te voir et tu la regarderais. Peu à peu, tu verrais ses grands poils au-dessus de ses lèvres, et cela t'étonnerait. Et puis tu verrais ses oreilles, et puis tu verrais sa queue, et cela t'étonnerait. Et tu me dirais : « Ah ! mon Dieu ! » et je te dirais : « Oui, madame, c'est une petite fille que j'ai comme ça. Les petites filles sont comme ça maintenant. »

Azelma écoute Éponine en ouvrant de grands yeux.

Cependant, les buveurs ont beaucoup bu et ils sont de plus en plus gais. Ils chantent. La Thénardier va prendre sa part de rire. Cosette, sous la table, regarde le feu en tenant son paquet de chiffons dans ses bras et en chantant tristement à voix basse.

La Thénardier revient et demande encore une fois à l'homme s'il veut souper[1]. « Je veux du pain et du fromage », lui dit l'homme. « C'est vraiment un pauvre », pense la Thénardier.

Les buveurs chantent toujours leurs chansons, et l'enfant, sous la table, chante aussi.

Tout à coup, Cosette s'arrête. Elle vient de se retourner et d'apercevoir la poupée des petites Thénardier qu'elles ont laissée à terre à quelques pas de la table de la cuisine.

Alors, elle promène lentement ses yeux autour de la salle. La Thénardier parle bas à son mari et compte de la monnaie. Ponine et Zelma jouent avec le chat, personne ne la regarde. Elle sort de dessous la table et prend la poupée. Un moment après, elle est à sa place, assise, tournée de façon à faire de l'ombre sur la poupée qu'elle tient dans ses bras. Sa

---

1. Souper : dîner.

figure est heureuse, car le bonheur de jouer avec une poupée est rare pour elle.

Seul le voyageur qui mange son maigre[1] dîner la voit.

Un des pieds de la poupée passe, et le feu de la cheminée l'éclaire. Ce pied rose et lumineux[2] qui sort de l'ombre frappe le regard d'Azelma. Elle dit à Éponine : « Tiens, ma sœur ! »

Les deux petites filles s'arrêtent. Quoi ! Cosette ose prendre leur poupée ! Éponine se lève et, le chat sous le bras, va vers sa mère et se met à la tirer par la jupe. « Laisse-moi, dit la mère. Qu'est-ce que tu me veux ? – Mère, dit l'enfant, regarde donc ! » Et, du doigt, elle montre Cosette. Cosette, elle, ne voit et n'entend rien. Elle est trop heureuse.

Le visage de la Thénardier devient haineux[3]. Toucher à la poupée de ces demoiselles ! C'est trop ! Elle crie d'une voix dure : « Cosette ! »

Cosette se retourne, la peur dans les yeux.

« Cosette ! » répète la Thénardier.

Cosette pose la poupée à terre avec une sorte de respect[4] mêlé de désespoir. Alors elle recule sans la quitter des yeux et, ce que n'a pu lui arracher[5] ni la course dans le bois, ni le poids du seau d'eau, ni la perte de l'argent, ni la vue du bâton, ni les paroles de la Thénardier, arrive enfin : elle pleure.

Cependant le voyageur s'est levé.

« Qu'est-ce donc ? dit-il à la Thénardier.

– Vous ne voyez pas ? dit la Thénardier en montrant du doigt la poupée aux pieds de Cosette.

---

1. Un maigre repas : un repas où il y a peu de choses à manger.
2. Lumineux : ici, qui brille.
3. Haineux : plein de haine.
4. Le respect : sentiment qu'on a pour ses parents, ses maîtres, etc.
5. Arracher : ici, avoir ce qu'on voulait avec difficulté.

– Eh bien, quoi ? répond l'homme.

– Cette chienne, répond la Thénardier, s'est permis de toucher à la poupée des enfants !

– Tout ce bruit pour cela ! dit l'homme. Eh bien, pourquoi ne jouerait-elle pas avec cette poupée ?

– Elle y touche avec ses mains ! reprend la Thénardier, avec ses mains sales ! »

Ici, Cosette pleure plus fort encore.

« Te tairas-tu ? » crie la femme.

L'homme va droit à la porte de la rue, l'ouvre et sort. La Thénardier envoie alors à l'enfant sous la table un coup de pied qui lui fait pousser des cris.

La porte s'ouvre, l'homme reparaît, il porte dans ses deux mains la poupée de la boutique d'en face, celle que tous les enfants du village regardent depuis le matin, et la pose devant Cosette en disant : « Tiens, c'est pour toi. »

Cosette lève les yeux. Elle a vu venir l'homme avec cette poupée comme elle aurait vu venir le soleil. Elle entend ces paroles qu'elle ne peut croire d'abord : « C'est pour toi. » Elle le regarde. Elle regarde la poupée. Puis elle recule lentement et va se cacher tout au fond sous la table dans un coin du mur. Elle ne pleure plus, elle ne crie plus, elle a l'air de ne plus oser respirer.

Thénardier, Éponine, Azelma sont comme des pierres[1]. Les buveurs eux-mêmes se sont arrêtés. Il s'est fait un grand silence dans toute l'hôtellerie. La Thénardier, muette[2], recommence à se demander : « Qu'est-ce que c'est que ce vieux ? Est-ce un pauvre ou un millionnaire ? C'est peut-être les deux, c'est-à-dire un voleur. »

---

1. Elles sont comme des pierres : elles ne bougent plus du tout.
2. Muet : qui ne parle pas.

Le Thénardier, lui, regarde tour à tour la poupée
et le voyageur. Il l'étudie comme il étudierait un sac
d'argent. Puis il va à sa femme et lui dit tout bas :
« cette poupée coûte au moins trente francs. Fais tout
ce que voudra l'homme ! »

« Eh bien, Cosette, dit la Thénardier d'une voix qui
veut être douce, est-ce que tu ne prends pas ta

poupée ? » Cosette ose sortir de son trou. « Ma petite Cosette, reprend la Thénardier de sa voix fausse, monsieur te donne une poupée. Prends-la. Elle est à toi. »

Le visage de l'enfant est encore couvert de larmes, mais ses yeux commencent à se remplir de joie. Il lui semble cependant que si elle touche à cette poupée, le tonnerre va en sortir. Elle finit par avancer en disant :

« Est-ce que je peux, madame ?

– Bien sûr ! fait la Thénardier, c'est à toi. Monsieur te la donne.

– Vrai, monsieur ? répond Cosette, est-ce que c'est vrai ? Elle est à moi, la dame ? »

L'étranger semble être au point où l'on ne parle pas pour ne pas pleurer. Il fait un signe à Cosette, et met la main de « la dame » dans sa petite main. Cosette retire vivement sa main, comme si celle de « la dame » la brûlait[1], et se met à regarder le sol. Tout à coup elle se retourne, prend la poupée et la serre avec force.

« Je l'appellerai Catherine, dit-elle. Madame, reprend-elle, est-ce que je peux la mettre sur une chaise ?

– Oui, mon enfant », répond la Thénardier.

Maintenant, ce sont Éponine et Azelma qui regardent Cosette avec envie[2].

Cosette pose Catherine sur une chaise, puis s'assoit à terre devant elle sans dire un mot, sans plus faire un mouvement.

« Joue donc, Cosette, dit l'étranger.

– Oh ! je joue », répond l'enfant.

---

1. Brûler : ici, donner une sensation de chaleur très forte, qui fait mal. La main est comparée à une flamme.
2. L'envie : ici, la jalousie.

Cet étranger, cet inconnu qui semble envoyé par Dieu à Cosette, est en ce moment ce que la Thénardier hait le plus au monde. Elle dit à ses filles d'aller se coucher, puis elle demande à l'homme à la veste jaune si elle peut envoyer aussi Cosette, « qui s'est bien fatiguée aujourd'hui », ajoute-t-elle comme une vraie mère. Cosette part se coucher emportant Catherine entre ses bras.

La Thénardier va de temps en temps à l'autre bout de la salle où est son mari. Elle lui parle de l'inconnu.

« Vieille bête ! Qu'est-ce qu'il a donc dans le ventre[1] ? Venir nous déranger ici ? Vouloir que cette sale[2] enfant joue ! Lui donner des poupées ! Donner des poupées de quarante francs à une chienne que je donnerais, moi, pour quarante sous ! Y a-t-il du bon sens[3] là-dessous ?

---

1. Qu'est-ce qu'il a dans le ventre : qu'est-ce qu'il veut vraiment ?
2. Sale : ici, méchante.
3. Le bon sens : ici, la logique.

– Pourquoi ? c'est tout simple, répond le Thénardier. Si ça l'amuse ! Toi, ça t'amuse que la petite travaille. Lui, ça l'amuse qu'elle joue. Il est dans son droit. Un voyageur, ça fait ce que ça veut quand ça paie. Si ce vieux aime les enfants, ça ne te regarde pas. De quoi te mêles-tu[1] ? Il a de l'argent ! »

L'homme remet les deux coudes sur la table et reprend sa rêverie. Les autres voyageurs ne chantent plus et le regardent de loin avec respect.

Plusieurs heures s'écoulent[2]. Les buveurs s'en vont. Il n'y a plus personne dans la salle. Le feu s'éteint : l'étranger est toujours à la même place. De temps en temps, il remue une jambe. Voilà tout. Il n'a pas dit un mot depuis que Cosette n'est plus là.

Les Thénardier, seuls, sont restés dans la salle. « Est-ce qu'il va passer la nuit comme ça ? » demande la Thénardier. Quand deux heures du matin sonnent, elle dit à son mari : « Je suis trop fatiguée, je vais me coucher. Fais-en ce que tu voudras. » Le mari s'assied à une table dans un coin et se met à lire.

Une bonne heure passe ainsi. Le Thénardier remue, tousse, crache, se mouche. Aucun mouvement de l'homme. Enfin, il ose dire : « Est-ce que monsieur ne va pas se reposer ? » « Ne va pas se coucher » lui semblerait impoli. « Reposer » sent le respect…

Une chambre où l'on « couche » coûte vingt sous, une chambre où l'on se « repose » coûte vingt francs.

« Tiens ! dit l'étranger, vous avez raison. Où sont vos chevaux ?

– Monsieur, fait le Thénardier avec un sourire, je vais conduire monsieur. » Il prend la lampe, l'homme prend son paquet et son bâton, et Thénardier le mène

---

1. Se mêler de quelque chose : s'intéresser aux affaires des autres.
2. S'écouler : passer.

dans une chambre au premier étage où il y a de beaux meubles.

« Qu'est-ce que c'est que cela ? dit le voyageur.

– C'est la chambre de notre mariage, dit l'hôtelier. Nous en habitons maintenant une autre, ma femme et moi. On entre ici trois ou quatre fois seulement dans l'année.

– J'aurais autant aimé coucher avec les chevaux ! »

Le Thénardier n'a pas l'air d'entendre cette remarque[1]. Il allume une lampe. Un assez bon feu chauffe la pièce.

Quand le voyageur se retourne, l'hôtelier a disparu. Il est parti sans oser dire bonsoir.

Dans sa chambre, la femme est couchée, mais elle ne dort pas. Quand elle entend le pas de son mari, elle se tourne et lui dit :

« Tu sais, je mets Cosette à la porte[2] demain. »

Le Thénardier répond froidement : « Tu parles trop vite ! »

Ils n'échangent[3] pas d'autres paroles, et quelques minutes après, leur lampe est éteinte.

De son côté, le voyageur pose dans un coin son bâton et son paquet. Il s'assied sur le lit et reste quelque temps à rêver. Puis il ôte ses souliers, prend la lampe, pousse la porte et sort de la chambre, regardant autour de lui comme quelqu'un qui cherche. Il arrive à l'escalier. Là, il entend un petit bruit très doux qui ressemble à une respiration d'enfant. Il se laisse conduire par ce bruit et arrive sous l'escalier. Entre toutes sortes de vieux papiers et de vieilles bouteilles, dans la poussière, il y a un

---

1. Une remarque : une phrase qu'on dit à propos de quelque chose.
2. Mettre quelqu'un à la porte : lui dire de quitter la maison.
3. Échanger des paroles : parler ensemble.

lit si on peut appeler un lit un tas de paille[1]. Cela est posé à terre sur le sol. Dans ce lit, Cosette dort profondément. Elle est tout habillée. L'hiver, elle ne se déshabille pas pour avoir moins froid.

Elle tient serrée contre elle la poupée qu'il lui a donnée. De temps en temps, elle pousse un grand soupir[2] et il semble qu'elle va se réveiller ; mais elle serre dans ses bras la poupée aux yeux qui brillent dans l'ombre. Il n'y a, à côté de son lit, qu'un de ses sabots[3].

Une porte ouverte près du lit de Cosette laisse voir une chambre ; l'étranger y entre. Au fond, à travers une porte vitrée, on aperçoit deux petits lits. Ce sont ceux d'Azelma et d'Éponine.

Il est sur le point[4] de partir quand il voit deux petits souliers près du feu qui s'éteint. Il se rappelle l'habitude des enfants qui, dans son pays aussi, posent leur soulier le soir de Noël dans l'espoir d'y trouver le lendemain un jouet. Éponine et Azelma n'ont pas manqué de préparer ainsi les leurs.

Le voyageur se penche. La mère a mis dans chacun d'eux une belle pièce de dix sous toute neuve.

L'homme se relève et va s'en aller quand il aperçoit au fond, loin des deux autres, un vieux sabot usé, à demi cassé. C'est le sabot de Cosette. Un enfant ne perd jamais l'espoir...

L'étranger cherche dans sa poche. Il met dans ce sabot une pièce d'or. Puis, il rentre dans sa chambre à pas silencieux.

---

1. La paille : ce qui reste quand le blé a été coupé. Ce sont d'habitude les animaux qui dorment sur la paille.
2. Un soupir : bruit ou plainte qu'on pousse quand on est triste.
3. Des sabots : des chaussures en bois.
4. Être sur le point de faire quelque chose : être tout près de faire quelque chose.

Thénardier au travail

Le lendemain matin, deux heures au moins avant le jour, Thénardier, attablé près d'une lampe dans la salle basse de l'hôtellerie, une plume[1] à la main, prépare la note* du voyageur à la veste jaune. La femme debout, penchée sur lui, le suit des yeux. Ils ne parlent pas. On entend un bruit dans la maison ; c'est Cosette qui balaie l'escalier.

Après un bon quart d'heure, le travail de Thénardier est fini. Voilà ce qu'il a écrit :

Note du monsieur du n° 1.

Souper 3 Francs, chambre 10, lampe 5, feu 4, service 1, soit 23 Francs.

« Vingt-trois francs ! » s'écrie la femme en regardant son mari comme s'il était un grand homme[2].

Comme tous les grands artistes[3], le Thénardier n'est pas content. « Peuh ! » fait-il.

« Monsieur Thénardier, tu as raison, il doit bien cela », dit la femme qui pense à la poupée donnée à Cosette devant ses filles. « C'est juste, mais c'est trop. Il ne voudra pas payer. »

Le Thénardier rit. Ce qui est dit, devra être. La femme se met à ranger les tables. Lui, marche de long en large dans la salle. Un moment après il ajoute : « Je dois bien quinze cents francs, moi ! » Puis il va s'asseoir, pensif, les pieds devant le feu.

---

1. Une plume : ce qui couvre le corps des oiseaux ; on l'utilisait autrefois pour écrire.
2. Un grand homme : un homme important.
3. Un artiste : un peintre, un écrivain, etc. sont des artistes.

« Ah ! çà, reprend la femme, tu n'oublies pas que je mets Cosette aujourd'hui à la porte ? Cette chienne ! »

Le Thénardier allume sa pipe et répond : « Tu remettras[1] la note à l'homme. »

Il est à peine sorti de la salle que le voyageur y entre.

Le Thénardier revient derrière lui et s'arrête devant la porte à un endroit où seule sa femme peut le voir.

« Levé si tôt ! dit la Thénardier. Est-ce que monsieur nous quitte déjà ? » Tout en parlant ainsi, elle tourne d'un air gêné la note dans ses mains. Présenter une pareille note à un homme qui a tellement l'air d'un « pauvre », cela lui paraît difficile.

Le voyageur semble penser à autre chose. Cependant il répond :

« Oui, madame, je m'en vais.

– Monsieur, reprend-elle, n'a donc pas affaire à Montfermeil ?

– Non. Je passe par ici. Voilà tout. Madame, ajoute-t-il, qu'est-ce que je dois ? »

La Thénardier, sans répondre, lui tend la note pliée. L'homme déplie le papier, le regarde, mais il pense toujours à autre chose.

« Madame, reprend-il, faites-vous de bonnes affaires* dans ce Montfermeil ?

– Non, monsieur », répond la Thénardier étonnée qu'il ne se mette pas en colère. Elle continue :

« Oh ! monsieur, les temps sont bien durs ! Et puis nous recevons si peu de gens riches ! Si nous n'avions pas, par-ci, par là, des voyageurs comme monsieur ! Nous avons tant de dépenses*. Tenez, cette petite coûte très cher.

---

1. Remettre : donner.

– Quelle petite ?

– Eh bien, la petite, vous savez ! Cosette !

– Et si on vous la prenait ?

– Qui ? Cosette ?

– Oui. »

La figure rouge de l'hôtelière s'éclaire d'un sourire laid. « Ah ! monsieur, mon bon monsieur ! prenez-la, emmenez-la et merci, merci au nom de Dieu.

– C'est dit.

– Vrai ? Vous l'emmenez ?

– Je l'emmène. En attendant, poursuit l'homme, je vais toujours vous payer. Combien est-ce ? »

Il jette un coup d'œil sur la note et s'écrie : « Vingt-trois francs ! » Il regarde l'hôtelière et répète : « Vingt-trois francs ! »

La Thénardier a eu le temps de se préparer. Elle répond à haute voix : « Mais oui, monsieur, c'est vingt-trois francs. »

L'étranger pose cinq pièces de cinq francs sur la table. « Allez chercher la petite », dit-il.

À ce moment, le Thénardier s'avance au milieu de la salle et dit :

« Monsieur doit vingt-six sous.

– Vingt-six sous ! s'écrie la femme.

– Vingt sous pour la chambre, répond le Thénardier froidement, et six sous pour le dîner. Pour ce qui est de la petite, j'ai besoin d'en parler avec monsieur. Laisse-nous, ma femme. »

La Thénardier sent que c'est sérieux. Elle ne répond pas, et sort.

Le Thénardier offre[1] une chaise au voyageur. Celui-ci s'assoit. Le Thénardier reste debout, et son

---

1. Il lui offre une chaise : il approche une chaise et lui demande de s'asseoir.

visage prend un air de grande bonté et de simplicité. « Monsieur, dit-il, tenez, je vais vous dire. C'est que je l'aime, moi, cette enfant. » L'étranger le regarde dans les yeux. « Quelle enfant ? »

Thénardier continue : « Comme c'est drôle ! on s'attache...[1] Qu'est-ce que tout cet argent-là ? Reprenez donc vos pièces de cent sous... C'est une enfant que j'aime. – Qui ça ? demande l'étranger. – Notre petite Cosette ! Ne voulez-vous pas l'emmener ? Eh bien, je dis la vérité, je ne veux pas qu'elle nous quitte. Elle me manquerait, cette enfant. J'ai vu ça petit. C'est vrai qu'elle nous coûte de l'argent. C'est vrai qu'elle est menteuse. C'est vrai que nous ne sommes pas riches. C'est vrai que j'ai payé plus de quatre cents francs en médicaments rien que pour une de ses maladies ! Mais il faut bien faire quelque chose pour le bon Dieu. Ça n'a ni père ni mère ; je l'ai élevée. J'ai du pain pour elle et pour moi. J'y tiens à cette enfant. Ma femme est un peu dure, mais elle l'aime aussi. Voyez-vous, c'est comme notre enfant. J'ai besoin que ça joue autour de moi. »

L'étranger le regarde toujours. « Pardon, excuse, monsieur, mais on ne donne pas son enfant comme ça à un passant. N'est-ce pas que j'ai raison ? Après cela, je ne dis pas, vous êtes riche, vous avez l'air d'un homme bien bon, mais il faudrait savoir chez qui elle est... pour aller la voir de temps en temps, pour qu'elle sache qu'on pense à elle, qu'on s'en occupe. Je ne sais seulement pas votre nom. Il faudrait au moins voir quelque chiffon de papier, un petit bout de passeport, quoi ! »

---

1. S'attacher à quelqu'un : se mettre à aimer quelqu'un.

L'étranger, tout en continuant de le regarder jusqu'au fond des yeux, lui répond d'une voix sèche : « Monsieur Thénardier, on n'a pas de passeport pour aller à vingt kilomètres de Paris. Si j'emmène Cosette, je l'emmènerai, voilà tout. Vous ne saurez pas mon nom, vous ne connaîtrez pas ma maison, vous ne saurez pas où elle sera et vous ne la reverrez jamais de sa vie. Êtes-vous d'accord, oui ou non ? »

La veille, tout en buvant avec les clients, en chantant et en fumant, Thénardier a passé la soirée à étudier l'homme pour le plaisir et comme s'il avait été payé pour cela. Il a remarqué que ses regards revenaient toujours à Cosette. Il sait qu'il s'y intéresse. Pourquoi ? Qu'est-ce que cet homme ? Pourquoi, avec tant d'argent, ces habits si misérables ? Il y a pensé toute la nuit. L'homme ne peut être le père de l'enfant. Est-ce quelque grand-père ? Quand on a un droit[1], on le montre. Cet homme n'a donc pas de droit sur Cosette. Alors, qui est-ce ? Le Thénardier n'arrive pas à le comprendre, et, après s'être senti fort, devant l'air décidé[2] de l'homme il se sent faible. Il ne s'attendait à rien de pareil. En un coup d'œil, il juge[3] que le moment est venu de marcher droit et vite.

« Monsieur, dit-il, il me faut quinze cents francs ! »

L'étranger prend dans sa poche de côté un porte-feuille en cuir noir, l'ouvre et en tire trois billets de cinq cents francs. Puis il pose son large poing sur ces billets et dit à l'hôtelier : « Faites venir Cosette. »

Pendant que ceci se passe, que fait Cosette ?

En s'éveillant, elle a couru à son sabot. Elle y a trouvé la pièce d'or. Elle ne sait pas ce que c'est qu'une pièce d'or. Elle n'en a jamais vu. Elle la cache bien vite dans sa poche comme si elle l'avait volée. Cependant elle sent que cela est bien à elle. Elle sait au fond du cœur d'où cela vient.

Sa joie est encore mêlée de peur ; mais elle est heureuse. L'étranger, seul, ne lui fait pas peur. Au contraire. Depuis la veille, à travers même son sommeil, elle pense dans son petit esprit d'enfant à cet homme qui a l'air vieux et pauvre, si triste, et qui est si riche et si bon. Depuis qu'elle l'a rencontré dans le bois, tout est changé pour elle.

Cosette, moins heureuse qu'un oiseau du ciel, n'a jamais su ce que c'est qu'une mère. Depuis cinq ans, c'est-à-dire aussi loin qu'elle peut se souvenir, la pauvre enfant a froid. Maintenant, elle sent pour la première fois en elle quelque chose de chaud. Elle

---

1. Un droit : ce que la loi permet de faire ; ici, prendre Cosette et s'en occuper.
2. Avoir l'air décidé : avoir l'air de savoir ce qu'on veut.
3. Juger : ici, décider après avoir bien réfléchi.

n'a plus aussi peur de la Thénardier. Elle n'est plus seule. Il y a quelqu'un avec elle.

Elle s'est mise bien vite à son travail de tous les matins. Cette pièce, qu'elle a sur elle, dans cette poche d'où les quinze sous sont tombés la veille, la fait rêver. Elle n'ose pas y toucher, mais elle passe de longs moments à regarder cette étoile qui brille.

La Thénardier arrive justement au moment où Cosette s'est arrêtée de travailler. L'enfant ne reçoit pas de coup et se demande ce qui arrive. « Cosette, dit la femme presque doucement, viens tout de suite. »

Un moment après, Cosette entre dans la salle basse. L'étranger prend le paquet qu'il a apporté et l'ouvre. Il en sort une petite robe de laine, un jupon, des bas, des souliers, tous les vêtements nécessaires à une fille de huit ans. « Mon enfant, dit l'homme, prends ceci et va t'habiller bien vite. »

Le jour paraît quand ceux des habitants de Montfermeil qui commencent à ouvrir leurs portes voient passer dans la rue de Paris un homme pauvrement habillé donnant la main à une petite fille tout en noir qui porte une grande poupée dans ses bras. Ils prennent la route de Livry.

C'est notre homme et Cosette. L'enfant s'en va. Avec qui ? Elle ne le sait pas. Où ? Elle ne le sait pas plus. Tout ce qu'elle comprend, c'est qu'elle laisse derrière elle l'hôtellerie Thénardier.

Personne n'a pensé à lui dire au revoir, ni elle à dire au revoir à personne.

Thénardier change d'idée

Comme d'habitude, la Thénardier a laissé faire son mari. Elle s'attend, nous l'avons dit, à quelque chose d'étonnant.

Quand l'homme et Cosette sont partis, le Thénardier laisse s'écouler un grand quart d'heure, puis il appelle sa femme et lui montre les quinze cents francs. « Rien que ça ! » dit-elle.

C'est la première fois, depuis le commencement de leur mariage, qu'elle ose ne pas trouver bien ce que son mari a fait. Le coup porte[1]. « Tu as raison, dit-il, je suis une bête. Donne-moi mon chapeau. »

Il plie les trois billets, les met dans sa poche et sort aussi vite qu'il le peut. Un voisin lui dit qu'il a vu Cosette et l'homme partir dans la direction de Livry. Il marche à grands pas en parlant tout seul.

« Cet homme est un million habillé en jaune. Il a d'abord donné vingt sous, puis cinq francs, puis quinze cents francs, toujours aussi facilement. Il aurait donné quinze mille francs. Mais je vais le retrouver.

« Et puis, ce paquet d'habits préparés d'avance pour la petite. Tout cela est étonnant. Il y a plein d'or dans ce riche. Il faut savoir le prendre. »

Quand on sort de Montfermeil et que l'on passe le tournant que fait la route qui va à Livry, on voit très loin sur le plateau[2]. Arrivé là, Thénardier pense apercevoir l'homme et la petite. Il regarde aussi loin

---

1. Le coup porte : ici, la Thénardier arrive, par ses paroles, à faire faire à son mari ce qu'elle veut.
2. Un plateau : plaine élevée.

qu'il peut et ne voit personne. Il demande encore. Des passants lui disent que l'homme et l'enfant qu'il cherche sont entrés dans les bois du côté de Gagny. Il court dans cette direction. Ils ont de l'avance[1] sur lui ; mais un enfant marche lentement et lui, il va vite. Et puis, il connaît bien le pays.

Il passe à travers bois et bientôt il aperçoit un chapeau qui lui est connu. Ce n'est pas celui de l'enfant cachée par un arbre, mais la tête de la poupée. L'homme s'est assis pour laisser à Cosette le temps de se reposer.

L'hôtelier fait le tour des arbres et paraît tout à coup devant ceux qu'il cherche. « Pardon, excusez-moi, monsieur, dit-il, mais voici vos quinze cents francs. » En parlant ainsi, il tend à l'étranger les trois billets. L'homme lève les yeux. « Qu'est-ce que cela veut dire ? »

Le Thénardier répond respectueusement :

« Monsieur, cela veut dire que je reprends Cosette.

– Vous re-pre-nez Cosette ?

– Oui, monsieur, je la reprends. Je vais vous dire : je n'ai pas le droit de vous la laisser. C'est sa mère qui me l'a laissée, je ne peux la remettre qu'à sa mère. Vous me direz : « Mais la mère est morte. » Alors, il me faut un écrit qu'elle ait signé[2]. Cela est clair[3]. »

L'homme, sans répondre, cherche dans sa poche et le Thénardier voit reparaître le portefeuille aux billets. Il est heureux. « Bon, pense-t-il, l'homme va payer ! »

Avant d'ouvrir le portefeuille, le voyageur jette un coup d'œil autour de lui. Il ne voit personne. Alors

---

1. Avoir de l'avance sur quelqu'un : être parti avant lui.
2. Signer : écrire son nom au bas d'une lettre ou d'un papier.
3. Clair : ici, facile à comprendre.

il ouvre le portefeuille et en tire, non les billets que Thénardier attendait, mais un simple petit papier. Il le présente tout ouvert en disant : « Vous avez raison. Lisez. »

Le Thénardier prend le papier et lit : « Monsieur Thénardier, vous remettrez l'enfant à la personne. On vous paiera toutes les petites choses. J'ai l'honneur de vous saluer bien poliment. Fantine. »

« Vous connaissez cette signature[1] ? » reprend l'homme.

C'est bien la signature de Fantine. Le Thénardier la reconnaît. Il n'y a rien à répondre. Il est battu[2]. L'homme ajoute : « Vous pouvez garder ce papier. »

« Cette signature est peut-être fausse », répond l'hôtelier… Puis il essaie un dernier effort. « Monsieur, dit-il, c'est bon. Vous êtes la personne. Mais il faut me payer « toutes les petites choses ». On me doit beaucoup. »

L'homme se lève. « Monsieur Thénardier, en janvier la mère comptait qu'elle vous devait cent vingt francs. Vous lui avez demandé en février cinq cents francs ; vous avez reçu trois cents francs fin février et trois cents francs au commencement de mars. Pour les neuf derniers mois, on vous doit cent trente-cinq francs au plus. Vous aviez reçu cent francs de trop. Reste trente-cinq francs qu'on vous doit. Je viens de vous donner quinze cents francs. »

Battu encore, le Thénardier crie avec colère :

« Monsieur, je ne sais pas votre nom. » Et il ajoute en mettant cette fois les façons respectueuses de côté : « Je reprendrai Cosette ou vous me donnerez cinq mille francs. »

---

1. Une signature : nom d'une personne écrit par elle-même.
2. Être battu : contraire de être vainqueur.

L'étranger dit tranquillement : « Viens, Cosette. »
Il prend Cosette de la main gauche et de la droite il
ramasse son bâton. Le Thénardier n'ose rien dire.
L'homme et l'enfant entrent dans le bois.

Pendant qu'ils avancent, le Thénardier regarde les
larges épaules de l'homme et ses gros poings. Puis
ses yeux, revenant à lui-même, retombent sur ses bras
et ses mains maigres. « Il faut que je sois vraiment
bien bête, pense-t-il, de n'avoir pas pris une arme !
Mais je veux savoir où il va. » Et il suit, le chiffon de
papier de Fantine et les quinze cents francs en
poche.

L'homme emmène Cosette dans la direction de
Livry. Il marche lentement, la tête baissée. L'hiver
a fait tomber les feuilles et Thénardier ne les perd
pas de vue[1], tout en restant assez loin. De temps en
temps l'homme se retourne et regarde si on ne le suit
pas. Il entre tout à coup avec Cosette dans un quartier de bois épais où ils peuvent tous deux disparaître.
Le Thénardier marche plus vite.

L'épaisseur du bois l'oblige à venir tout près. Il se
cache dans les branches, mais il est vu. L'homme lui
jette un regard, puis reprend sa route. L'hôtelier se
remet à le suivre. Ils font ainsi deux à trois cents pas.
Tout à coup, l'homme se retourne encore. Il regarde
l'hôtelier d'un air si sombre[2] que celui-ci juge
« inutile » d'aller plus loin.

Thénardier rentre chez lui.

---

1. Il ne les perd pas de vue : il les suit tout le temps des yeux.
2. Un air sombre : un air fâché, en colère.

*L*e numéro 9430 reparaît

Jean Valjean n'est pas mort.

Après être tombé à la mer, il a nagé sous l'eau jusque sous un bateau où il a pu monter rapidement sans être vu et se cacher jusqu'au soir. À la nuit, il s'est jeté de nouveau à l'eau et il a touché terre assez loin au sud. Là, comme ce n'est pas l'argent qui lui manque, il a acheté des vêtements. C'est un hôtelier de Balaguier bien connu alors de tous les condamnés de Toulon, qui les lui a vendus très cher. Puis Jean Valjean est allé dans les Hautes-Alpes en marchant le plus souvent la nuit, en se cachant toujours. On a pu, plus tard, savoir qu'il était passé dans l'Ain. Il est enfin arrivé à Paris. On vient de le voir à Montfermeil.

Son premier soin, en arrivant à Paris, a été d'acheter des habits noirs pour une petite fille de sept à huit ans, puis de louer une maison. On le croit mort. Il l'a appris par le journal et cette nouvelle lui a donné un peu de paix.

Le soir même du jour où Jean Valjean a retiré Cosette de la maison des Thénardier, il rentre dans Paris par la porte de Monceaux. Là, il monte dans une voiture qui le conduit à l'Observatoire. Il y descend, paie le conducteur, prend Cosette par la main, et tous deux, dans la nuit noire, par des petites rues, vont au boulevard de l'Hôpital.

La journée a été fatigante. On a mangé dans les bois le pain et le fromage achetés dans les hôtelleries. On a souvent changé de voiture. On a beaucoup marché.

Cosette cependant ne se plaint[1] pas, mais Jean Valjean s'aperçoit de sa fatigue. Il la prend sur son dos. Cosette, un bras autour de Catherine, l'autre autour du cou de l'homme, pose sa tête sur l'épaule de celui-ci. Elle s'endort.

Jean Valjean arrive dans un quartier misérable et triste. Il s'arrête devant le numéro 50-52 du boulevard de l'Hôpital. Il tire une clef de sa poche, ouvre la porte, puis la referme avec soin. Il monte l'escalier, portant toujours Cosette. Il la couche et s'assoit.

*D*eux malheurs font un bonheur

Le lendemain au petit jour[2], Jean Valjean est encore près du lit de Cosette. Il attend là, sans faire un mouvement, et il la regarde se réveiller.

Quelque chose de nouveau lui entre dans l'âme. Il n'a jamais rien aimé. Depuis l'âge de vingt-cinq ans, il est seul au monde. Il a fait tous ses efforts pour retrouver sa sœur et ses neveux. N'ayant pu les retrouver, il les a oubliés.

Quand il a vu Cosette, quand il l'a prise et emportée il a senti remuer son vieux cœur. Le meilleur de lui-même[3] s'est éveillé. Près du lit où dort l'enfant, il tremble de joie et c'est une chose bien douce que ce mouvement d'un cœur qui se met à aimer.

---

1. Se plaindre : dire qu'on est fatigué, raconter ses malheurs.
2. Au petit jour : le matin, très tôt.
3. Le meilleur de lui-même : ses plus belles qualités.

Les premiers jours passent. Cosette, elle aussi, change. Elle était si petite quand sa mère l'a quittée qu'elle ne s'en souvient plus. Comme tous les enfants, elle a essayé d'aimer. Tous l'ont repoussée[1], les Thénardier, leurs enfants, d'autres enfants. Elle a aimé le chien mais il est mort. Après quoi, rien n'a voulu d'elle, ni personne. Aussi, dès le premier jour, tout en elle s'est mis à aimer ce vieil homme. Elle est heureuse comme une fleur qui s'ouvre. Il ne lui paraît ni vieux, ni pauvre. Elle se trouve bien, de même qu'elle a trouvé la pauvre chambre jolie.

Jean Valjean a bien choisi[2] sa maison. Personne ne devrait pouvoir l'y trouver. La fenêtre de la chambre qu'il occupe avec Cosette donne sur le boulevard. Cette fenêtre est la seule de la maison, aucun voisin ne peut les voir, pas plus de côté que d'en face.

Le rez-de-chaussée sert à des marchands de légumes et de fruits. Plusieurs chambres occupent[3] le premier étage ainsi que le grenier ; une vieille femme qui nettoie la chambre de Jean Valjean y habite seule. C'est elle qui lui a loué la chambre quand il s'est présenté le jour de Noël. Il lui a dit qu'il avait fait de mauvaises affaires, qu'il avait perdu son argent et qu'il allait venir habiter là avec sa petite-fille.

---

1. Repousser quelqu'un : ne pas vouloir de quelqu'un, ne pas l'aimer.
2. Choisir : prendre ce qu'on préfère.
3. Occuper : ici, se trouver.

Les remarques de la vieille

Jean Valjean ne sort jamais le jour. Tous les soirs à la nuit tombante[1], il se promène une heure ou deux, quelquefois seul, le plus souvent avec Cosette. Il suit les rues où il y a le moins de passants. Il va souvent à Saint-Médard qui est l'église la plus proche de chez lui. Quand il n'emmène pas Cosette, elle reste avec la vieille femme ; mais c'est la joie de l'enfant de sortir avec le vieil homme.

Elle préfère même sortir avec lui plutôt que jouer avec Catherine. Il marche en la tenant par la main et en lui disant des choses douces. Cosette est très gaie.

La vieille fait la cuisine et achète les provisions[2].

Ils vivent comme des gens très pauvres. Jean Valjean n'a rien changé aux meubles du premier jour ; seulement il a fait remplacer[3] par une porte pleine la porte vitrée de la petite chambre de Cosette et un bon feu brûle tout l'hiver dans la cheminée.

Il porte toujours sa veste jaune, sa culotte noire et son vieux chapeau. Dans la rue, on le prend pour un pauvre. Il arrive quelquefois que des bonnes femmes se retournent et lui donnent un sou. Jean Valjean reçoit le sou et salue profondément. Il arrive aussi qu'il rencontre quelque misérable ; alors il regarde derrière lui si personne ne le suit, il met une pièce de monnaie dans la main du malheureux. Cela le fait connaître dans le quartier.

---

1. À la nuit tombante : au début de la nuit.
2. Les provisions : les aliments (la nourriture) utiles pour vivre chaque jour.
3. Remplacer : mettre une chose à la place d'une autre.

La vieille portière[1] s'intéresse beaucoup à Jean Valjean sans qu'il s'en doute. Elle est un peu sourde[2], mais parle beaucoup. Elle a posé des questions à Cosette qui, ne sachant rien, a pu seulement dire qu'elle venait de Montfermeil. Un matin, elle voit Jean Valjean entrer dans une des chambres inhabitées de l'étage. Elle le suit comme une vieille chatte et regarde entre deux planches de la porte. Jean Valjean tourne le dos à cette porte. La vieille le voit chercher dans une poche et y prendre une petite boîte. Il en tire des ciseaux et du fil. Puis, il se met à découdre le bas de sa veste. Il en sort un morceau de papier jaune. Il le déplie. La vieille reconnaît un billet de mille francs. C'est le deuxième ou le troisième qu'elle voit depuis qu'elle est née.

Un moment après, Jean Valjean vient la trouver et lui demande d'aller changer ce billet de mille francs. Il ajoute qu'il l'a reçu la veille. « Comment ? pense la vieille. Il est sorti à six heures du soir seulement et les bureaux ne sont certainement plus ouverts à cette heure-là. » Elle va changer le billet et raconter la chose à toutes les portières du quartier.

Quelques jours plus tard, Jean Valjean, la chemise relevée sur les bras, scie[3] du bois devant la porte de sa chambre. Cosette regarde le bois qu'on scie. La vieille voit la veste jaune accrochée à un clou[4]. Elle la touche et sent du papier. D'autres billets de mille francs sans doute.

Elle remarque de plus qu'il y a dans les poches non seulement des aiguilles, les ciseaux et le fil qu'elle

---

1. Une portière : personne dont le métier est de garder la porte d'un immeuble ou d'une maison.
2. Sourd : qui n'entend pas.
3. Scier : couper du bois avec une scie.
4. Un clou : petit objet pointu en métal qui sert à fixer ou à suspendre.

a vus, mais encore un gros portefeuille, un très grand
couteau et des cheveux de couleurs différentes...

*D*épart dans la nuit

Il y a près de Saint-Médard un pauvre toujours assis
près d'un vieux puits. C'est un vieil homme de
soixante-quinze ans qui dit des prières sans jamais
s'arrêter. Jean Valjean ne passe presque jamais près
de cet homme sans lui donner quelques sous.
Quelquefois il lui parle.

Un soir que Jean Valjean passe par là et n'a pas
Cosette avec lui, il l'aperçoit. L'homme, comme
d'habitude, semble prier penché vers la terre. Jean
Valjean lui met dans la main un peu d'argent.
L'homme lève les yeux, regarde attentivement Jean
Valjean, puis baisse les yeux. Tout cela prend le temps
d'un éclair. Mais Jean Valjean a cru revoir un visage
connu. Il recule, n'osant pas respirer, ni parler, ni
rester, ni se sauver, regardant le pauvre qui a baissé
sa tête couverte d'un chiffon et qui paraît ne plus
savoir qu'il est là. Le pauvre a le même dos, les mêmes
vieux habits que tous les jours.

« Bah ! pense Jean Valjean, je suis fou, je rêve ! Cela
n'est pas possible ! » Et il repart. C'est à peine s'il
ose se dire à lui-même que cette figure qu'il a cru
voir est celle de Javert.

Le lendemain, à la nuit tombante, il retourne. Le
pauvre est à sa place. « Bonjour, mon ami », dit Jean
Valjean en lui donnant un sou. Le pauvre lève la tête,
et répond d'une voix tranquille : « Merci, mon bon

monsieur ». C'est bien le vieil homme qui est là tous les jours. Jean Valjean s'en va en riant. « Ah ! çà, dit-il, est-ce que je vais rêver de Javert maintenant ? » et il n'y pense plus. Quelques jours plus tard, vers huit heures du soir, il est dans sa chambre en train d'apprendre à lire à Cosette quand il entend ouvrir, puis refermer la porte de la maison. Cela l'étonne. La vieille, qui habite seule avec lui, se couche toujours à la nuit. Jean Valjean fait signe à Cosette de se taire. Il entend qu'on monte l'escalier. Le pas est lourd et sonne comme le pas d'un homme ; mais la vieille porte de gros souliers et rien ne ressemble au pas d'un homme comme le pas d'une vieille femme. Cependant, Jean Valjean éteint la lampe et il envoie Cosette au lit en lui disant tout bas : « Couche-toi bien doucement. » Pendant qu'il l'embrasse au front, les pas s'arrêtent. Jean Valjean reste sans mouvement, le dos tourné à la porte. Au bout d'un temps assez long, n'entendant plus rien, il se retourne sans faire de bruit et il lève les yeux vers la porte : il voit une lumière au-dessous. Sans aucun doute, il y a là quelqu'un qui tient une lampe à la main et qui écoute.

Quelques minutes s'écoulent et la lumière s'en va. Seulement il n'entend plus aucun bruit de pas. Celui qui est venu écouter à la porte a dû ôter ses souliers.

Jean Valjean se jette tout habillé sur son lit et ne peut fermer l'œil de la nuit[1].

Au lever du jour, comme la fatigue va l'endormir, il est réveillé par le bruit d'une porte qui s'ouvre un peu plus loin que sa chambre, puis il entend le même pas d'homme qui a monté l'escalier la veille. Il se jette à bas du lit et met son œil à un trou de la porte.

---

1. Ne pas fermer l'œil de la nuit : ne pas dormir de la nuit.

Il essaie de voir. L'homme passe sans s'arrêter. Il fait
encore trop noir pour que l'on puisse voir son visage ;
mais quand il arrive à l'escalier, son dos apparaît.
L'homme est de haute taille. Il porte une longue veste.
Il tient sous le bras un gros bâton. C'est Javert. Jean
Valjean pourrait essayer de le revoir par sa fenêtre
sur le boulevard. Mais il faudrait ouvrir cette fenêtre.
Il n'ose pas. Cet homme est entré avec une clef, et
comme chez lui. Qui lui a donné cette clef ? Qu'est-
ce que cela veut dire ? À sept heures du matin, la
vieille vient nettoyer la chambre. Jean Valjean la
regarde avec attention, mais il ne lui pose pas de questions. La bonne femme est comme tous les jours. Tout
en balayant, elle dit :

« Monsieur a peut-être entendu quelqu'un qui
entrait cette nuit ?

– C'est vrai, répond-il tout naturellement. Qui était-ce donc ?

– Quelqu'un qui vient habiter ici.

– Et qui s'appelle ?

– Je ne sais pas. M. Dumont ou Daumont. Un nom comme ça.

– Et qu'est-ce qu'il est ce monsieur Dumont ?

– Un homme qui vit de son argent comme vous. »

Que veut-elle dire ? Rien, peut-être. Mais Jean Valjean doute[1]. Quand la vieille est sortie, il prend doucement une centaine de francs qu'il a dans l'armoire et les met dans sa poche. Mais une pièce de cent sous tombe avec un grand bruit. À la nuit, il descend et regarde avec attention de tous les côtés sur le boulevard. Il ne voit personne. Il remonte. « Viens », dit-il à Cosette.

Il la prend par la main et ils sortent tous deux.

*L*a chasse*

C'est une nuit de pleine lune. Jean Valjean en est content. La lune, encore basse dans le ciel, coupe dans les rues de grands passages d'ombres et de lumières. Jean Valjean longe les maisons et les murs dans le côté sombre. Il regarde le côté clair. Il ne pense peut-être pas assez que d'autres sont aussi cachés dans l'ombre.

Cosette marche sans rien dire. Sa vie passée l'a habituée à ne pas poser de questions et puis aux côtés de cet homme, elle n'a pas peur.

---

1. Douter : ne pas savoir ce qu'il faut croire.

Jean Valjean, pas plus que Cosette, ne sait où il va. Il n'a aucune idée arrêtée. Il n'est même plus tout à fait sûr d'avoir reconnu Javert. Celui-ci ne le croit-il pas mort ? Mais il y a eu ces jours derniers des choses curieuses. C'est assez pour qu'il cherche comme un animal chassé un nouveau trou où se cacher.

Jean Valjean tourne dans le quartier Mouffetard. Il suit la rue Censier, la rue Copeau, la rue du Battoir-Saint-Victor et la rue du Puits-l'Ermite. Il y a par là des hôtels, mais il n'entre pas. Il croit être sûr cependant que personne n'est derrière lui.

Comme onze heures sonnent à Saint-Étienne-du-Mont, il se retourne rue de Pontoise et à la lumière d'une lampe il voit trois ombres. « Viens, enfant », dit-il à Cosette et il marche plus vite.

De rue en rue, il arrive rue Neuve-Sainte-Catherine et là, près d'un endroit bien éclairé, il se cache sous une porte.

Il n'est pas là depuis trois minutes que des hommes paraissent. Ils sont maintenant quatre, tous grands, habillés de longs manteaux bruns avec des chapeaux ronds et de gros bâtons à la main.

Ils s'arrêtent sous la lampe même. Ils ont l'air de ne pas savoir ce qu'ils doivent faire. Celui qui paraît les conduire se tourne et montre de la main la direction que Jean Valjean a prise. Un autre semble vouloir prendre la direction contraire. Au moment où le premier se tourne, la lune éclaire en plein son visage. Jean Valjean maintenant reconnaît Javert.

Javert, lui, n'est pas tout à fait sûr que c'est bien Jean Valjean qu'il suit. Il n'ose encore l'arrêter.

Jean Valjean sort de dessous la porte où il s'est caché, et continue dans la rue des Postes vers la région du Jardin des Plantes. Cosette commence à se fatiguer, il la prend dans ses bras et la porte. Il n'y a pas de passants. Les lampes des rues ne sont pas allumées à cause de la lune.

Du Jardin des Plantes, il arrive aux quais de la Seine. Là, il se retourne. Personne derrière lui. Il respire.

Il arrive au pont d'Austerlitz. Il fallait alors payer encore pour le traverser.

Il se présente au bureau, et donne un sou. « C'est deux sous, dit le gardien. Vous portez là un enfant qui peut marcher. Payez pour deux. » Il paie. Mais il n'est pas content d'avoir été remarqué.

Une voiture passe la Seine en même temps que lui. Il peut traverser le pont dans l'ombre de cette voiture. Il se croit hors de danger ; cherché encore, oui ; suivi, non.

De l'autre côté du pont, une rue sombre s'ouvre. Il y entre et se retourne. De là, il voit dans toute sa longueur le pont d'Austerlitz. Quatre ombres viennent d'entrer sur le pont. Elles tournent le dos au Jardin des Plantes.

Ces quatre ombres, ce sont les quatre hommes. Jean Valjean garde encore l'espoir que ces hommes ne l'ont pas aperçu au moment où il est entré dans la petite rue. Il peut peut-être, en la suivant, arriver à des champs, à des terrains non construits...

Dans les rues sombres

Au bout de trois cents pas, il arrive à un endroit où la rue se partage en deux comme un Y. Quel côté choisir ? Il prend à droite. Ils ne marchent plus très rapidement. Jean Valjean doit porter Cosette, qui, sa tête sur l'épaule du vieil homme, ne dit pas un mot.

Il se retourne de temps en temps et regarde. Il a soin de rester toujours du côté sombre. La rue est droite derrière lui. Les deux ou trois premières fois qu'il se retourne, il ne voit rien. Le silence est profond. Il continue sa marche, un peu plus tranquille. Tout à coup, s'étant retourné, il lui semble voir dans la partie de la rue où il vient de passer, loin dans l'ombre, quelque chose qui remue.

Il marche aussi vite qu'il le peut, espérant trouver quelque rue de côté. Il en trouve deux et suit celle de gauche. Il arrive à un mur.

Il revient sur ses pas pour prendre celle de droite.

Trop tard, au coin, un homme attend.

Jean Valjean recule. Que faire ? Javert connaît bien certainement le quartier et il a envoyé un de ses hommes en avant.

Jean Valjean revient en arrière. Il regarde de tous côtés. Il essaie de pousser une première porte, puis une deuxième. Rien à faire. Les fenêtres sont hautes et fermées. Il retourne au mur. Derrière lui, on peut voir les branches d'un arbre. Il y a un jardin sans doute là tout près. Mais comment y entrer ?

À ce moment, un bruit sourd commence à se faire entendre. Jean Valjean regarde.

Il voit briller des armes au coin de la rue. Sept ou huit hommes viennent vers lui, Javert en tête. Ils marchent lentement. Ils s'arrêtent. Ils regardent tous les coins des murs, les portes et les chemins.

À leur façon de marcher, et avec les arrêts qu'ils font, il leur faudra environ un quart d'heure pour arriver à l'endroit où se trouve Jean Valjean. Mais dans quelques minutes, celui-ci sera prisonnier pour la troisième fois. Moment terrible. Et la prison ne sera plus seulement la prison, c'est Cosette perdue à jamais.

Il n'y a qu'une chose possible. Il se rappelle qu'autrefois il a su monter, sans échelle[1], le long des coins de murs, en s'aidant des épaules, de la tête, des mains, des bras, des genoux, des jambes et des pieds.

Jean Valjean mesure des yeux le mur qui cache l'arbre. Il a environ six mètres de haut. À droite est un tas de pierres de près de deux mètres. Reste quatre mètres. La difficulté c'est Cosette. Cosette, elle, ne sait pas monter le long d'un mur. La laisser là ? Jean Valjean n'y pense pas. L'emporter est impossible. Toutes ses forces lui sont nécessaires. Le plus petit poids le ferait tomber.

Il faudrait une corde. Jean Valjean n'en a pas. Où trouver une corde à minuit, rue Polonceau ? En ce moment, si Jean Valjean était roi, il donnerait son pays pour une corde.

Il cherche et que voit-il ? Une grosse lampe en haut d'un poteau[2], une de ces lampes qu'à la nuit tombante on descendait alors à l'aide d'une corde pour pouvoir les allumer. La corde traverse la rue. Elle finit

---

1. Une échelle : sorte d'escalier fait avec des cordes.
2. Un poteau : pilier, sorte de long bâton de bois ou de métal, planté dans le sol, qui sert à porter ou à soutenir quelque chose.

dans une petite armoire de fer. D'un saut, Jean Valjean est auprès de l'armoire. Il l'ouvre avec la pointe de son couteau. Un moment après, il est revenu auprès de Cosette. Il tient la corde.

La lampe, nous l'avons dit, n'a pas été allumée cette nuit-là. On peut donc passer à côté du poteau sans remarquer qu'elle n'est plus à sa place.

Cependant, l'heure, le lieu, l'ombre, tout ce que fait Jean Valjean, commence à faire peur à Cosette. Tout autre enfant aurait depuis longtemps poussé des cris. Elle, elle se contente de tirer Jean Valjean par la veste. On entend tout près le bruit des soldats qui arrivent.

« Père, dit-elle tout bas, j'ai peur. Qu'est-ce qui vient donc là ?

– Chut ! c'est la Thénardier. »

Cosette se met à trembler. Il ajoute :

« Ne dis rien. Laisse-moi faire. Si tu cries, si tu pleures la Thénardier te reprendra. »

Alors, lentement, sans vouloir penser que Javert peut être là d'un moment à l'autre, il défait sa cravate, la passe autour du corps de Cosette en ayant soin qu'elle ne puisse blesser l'enfant, rattache cette cravate au bout de la corde, prend l'autre bout de cette corde entre les dents, ôte son chapeau, ses souliers et ses chaussettes qu'il jette par-dessus le mur, monte sur le tas de pierres et commence à s'élever dans le coin du mur aussi facilement que s'il montait à une échelle.

Une demi-minute ne s'est pas écoulée que Jean Valjean a un genou sur le mur. Cosette le regarde la bouche ouverte, sans dire un mot. L'idée de la Thénardier l'a rendue de pierre. Elle entend Jean Valjean qui lui dit : « N'aie pas peur. » Elle se sent soulevée de terre. Avant qu'elle ait le temps de se reconnaître, elle est en haut du mur.

Jean Valjean la met sur son dos, prend ses deux petites mains dans sa main gauche et suit le mur. Un toit paraît. Un grand arbre pousse tout près. Heureusement ! le mur est beaucoup plus haut de ce côté-ci que du côté de la rue.

Jean Valjean est encore sur le mur et n'est pas encore monté sur le toit qu'il entend la voix de Javert presque en-dessous de lui : « Regardez dans ce coin sombre ! La rue Droit-Mur est gardée, la petite rue Picpus aussi. Je suis sûr qu'il est là-dedans. »

Les soldats entrent dans la petite rue.

Jean Valjean descend du toit, arrive à l'arbre et saute à terre. Soit peur, soit courage, Cosette n'a rien dit. Elle s'est fait seulement un peu mal aux mains.

Premiers problèmes

Jean Valjean se trouve dans une sorte de grand jardin, de ces jardins tristes qui semblent faits pour être regardés l'hiver et la nuit. Il y a de grands arbres au fond, des légumes et un vieux puits[1] au milieu, des bancs de pierre. Sous le toit qu'il a suivi pour descendre, on aperçoit une petite pièce où des outils[2] sont rangés.

La grande maison au coin de la rue Droit-Mur et de la petite rue Picpus est plus triste encore vue du

---

1. Un puits : un trou étroit et sombre au fond duquel il y a de l'eau.
2. Un outil : objet qu'on utilise pour faire un travail.

dedans que du dehors. Toutes les fenêtres sont solidement fermées. On n'y entrevoit aucune lumière.

On n'aperçoit pas d'autre maison. Le fond du jardin se perd dans le brouillard et dans la nuit.

Jean Valjean cherche ses chaussettes et ses souliers puis les remet. Ensuite il entre dans la petite pièce. L'enfant, pensant toujours à la Thénardier, est heureuse de se cacher. Elle tremble cependant, et se serre contre lui. On entend le bruit que font les soldats de l'autre côté du mur, les coups de pieds contre les portes, les appels de Javert aux policiers qu'il a mis en place.

Un quart d'heure passe. Jean Valjean respire lentement. Il a posé doucement sa main sur la bouche de Cosette... Enfin, tout rentre dans le silence.

Tout à coup, un nouveau bruit s'élève. Il est très doux. Ce sont des voix de femmes et d'enfants à la fois, de ces voix qui ne sont pas de la terre, et qui ressemblent à celles que les nouveau-nés entendent encore et que les mourants entendent déjà. Ce chant vient de la sombre maison du jardin.

Le chant – ce chant surnaturel dans une maison inhabitée – s'éteint. Plus rien dans la rue. Plus rien dans le jardin. Seules, quelques herbes sèches font sous le vent un petit bruit.

Il est une ou deux heures du matin. La pauvre Cosette ne dit rien. Comme elle s'est assise à terre à son côté et qu'elle a penché la tête sur lui, Jean Valjean pense qu'elle est endormie. Il se baisse et la regarde. Cosette a les yeux grands ouverts, et un air pensif qui fait mal à Jean Valjean. Elle tremble toujours.

« As-tu envie de dormir ? dit Jean Valjean.

– J'ai bien froid », répond-elle.

Un moment après, elle reprend :

« Est-ce qu'elle est toujours là ?

– Qui ?

– Madame Thénardier.

– Ah ! dit-il, elle est partie. N'aie pas peur. »

L'enfant sent un poids[1] de moins sur sa poitrine.

La terre est froide. La pièce est ouverte de toute part. Le vieil homme enlève sa veste et en enveloppe Cosette. « As-tu moins froid ainsi ? demande-t-il.

– Oh ! oui, père !

– Eh bien, attends-moi un moment. Je vais revenir.

Il sort et suit la grande maison. Il rencontre des portes, mais elles sont fermées. À des fenêtres, il aperçoit un peu de lumière. Il regarde par l'une d'elles. Elle donne comme toutes les autres sur une grande salle sombre, où seule une petite lampe brille. Sur les larges pierres du sol, une forme est couchée. On dirait une sorte de serpent.

Jean Valjean a le courage de coller son front à la vitre et de rester pour voir si cette forme remuera. Il attend longtemps. Rien ne se passe. Tout à coup, la peur le prend et il se sauve. Il lui semble que s'il tourne la tête, il verra la figure marcher derrière lui à grands pas, les bras tendus. Le froid, les policiers, les soldats, Javert lui donnent la fièvre.

Il court vers Cosette. Elle dort.

L'enfant a posé la tête sur une pierre. Il s'assoit près d'elle et la regarde. Il sent que tant qu'elle sera là, tant qu'il l'aura près de lui, il n'aura besoin de rien, ni peur de rien. Il ne sait même pas qu'il a très froid, ayant quitté sa veste pour l'en couvrir.

---

1. Un poids : quelque chose de lourd, ici il s'agit d'une image.

Cependant, à travers la rêverie où il est tombé, il entend depuis quelque temps un bruit curieux. C'est celui d'une petite cloche. On dirait un troupeau passant la nuit sur une montagne[1]. Ce bruit le fait se retourner. Il regarde et voit qu'il y a quelqu'un dans le jardin. Un être qui ressemble à un homme marche au milieu des légumes, se levant, se baissant, s'arrêtant. Il paraît boiter[2].

Jean Valjean est repris de ce tremblement continuel des malheureux. Tout est contre eux. Ils doivent faire attention à tous et à tout. Il se dit que Javert n'est peut-être pas parti, que sans doute il a laissé des gens dans la rue, que, si cet homme le voit, il criera au voleur. Il prend Cosette dans ses bras et la porte derrière un tas de vieux meubles dans le coin le plus sombre de la pièce. Cosette ne remue pas.

De là, il regarde l'homme dans les légumes. Ce qui est drôle c'est le bruit de cloche à tous ses mouvements. Ce bruit le suit et s'arrête quand l'homme s'arrête. Une cloche est attachée à lui ; mais alors, qu'est-ce que cela peut vouloir dire ? Qu'est-ce que cet homme qui se conduit si curieusement ?

Tout en se posant ces questions, il touche les mains de Cosette. Elles sont glacées. « Ah ! mon Dieu ! » dit-il. Il appelle à voix basse. « Cosette ! » Elle n'ouvre pas les yeux. Il la prend dans ses bras, lui remue la tête, elle ne s'éveille pas. « Serait-elle morte ? » dit-il, et il se met debout, tremblant de la tête aux pieds. Les idées les plus terribles lui traversent l'esprit.

---

1. Montagne : les gens de la montagne attachent des cloches au cou de leurs vaches pour pouvoir les retrouver quand elles se perdent.
2. Boiter : marcher avec difficulté, en penchant d'un côté.

Cosette, toute blanche, est retombée à ses pieds sans faire un mouvement. Il écoute, elle respire ; mais d'une respiration faible et prête à s'éteindre.

Comment la réchauffer[1] ? Comment la réveiller ? Toute autre pensée s'efface en lui. Il court hors de la pièce. Il faut qu'avant un quart d'heure Cosette soit devant un feu et dans un lit.

L' homme à la cloche

Il marche droit à l'homme qu'il aperçoit dans le jardin. Il a pris à la main les pièces d'argent qu'il a apportées.

Cet homme baisse la tête et ne le voit pas venir. En quelques pas, Jean Valjean est près de lui. Il lui crie : « Cent francs ! » L'homme fait un saut en arrière. « Cent francs à gagner, reprend Jean Valjean, si vous me cachez cette nuit ! »

La lune éclaire en plein le visage de Jean Valjean.

« Tiens ! c'est vous, père Madeleine », dit l'homme.

Ce nom, à cette heure, dans ce lieu inconnu, par cet homme inconnu, fait reculer Jean Valjean. Il s'attendait[2] à tout, mais pas à cela. Celui qui lui parle est un vieil homme, habillé à peu près comme un paysan. Il a une cloche attachée au genou gauche. On ne voit pas son visage qui est dans l'ombre.

Cependant le vieil homme ôte son chapeau, et s'écrie : « Ah ! mon Dieu ! Comment êtes-vous ici,

---

1. Réchauffer : ici, redonner la chaleur au corps de Cosette.
2. S'attendre à quelque chose : penser que cette chose va arriver.

père Madeleine ? Par où êtes-vous entré ? Vous tombez donc du ciel ! D'ailleurs si vous tombez jamais, c'est de là que vous tomberez. Et comme vous voilà habillé ! Vous n'avez pas de cravate, vous n'avez pas de chapeau, vous n'avez pas d'habit ! Savez-vous que vous auriez fait peur à quelqu'un qui ne vous aurait pas connu ? Pas d'habit ! Mon Dieu, est-ce que les saints deviennent fous maintenant ? Mais comment êtes-vous entré ici ? »

Le vieux bonhomme parle vite comme quelqu'un qui se tait souvent.

« Qui êtes-vous ? Et qu'est-ce que c'est que cette maison-ci ? demande Jean Valjean.

– Ah ! s'écrie le vieil homme, je suis celui que vous avez fait placer ici, et cette maison est celle où vous m'avez fait entrer. Comment ! vous ne me reconnaissez pas ?

– Non, dit Jean Valjean. Et comment se fait-il que vous me reconnaissiez, vous ?

– Vous m'avez sauvé la vie », dit l'homme.

Il se tourne. La lune l'éclaire, et Jean Valjean reconnaît le vieux Fauchelevent.

« Ah ! dit-il, c'est vous, oui, je vous reconnais.

– C'est bien heureux ! fait le vieux d'un air mécontent.

– Et que faites-vous ici ? répond Jean Valjean.

– Tiens ! je couvre mes légumes, donc ! »

Il continue : « Je me suis dit : la lune est claire, il va faire froid. Mais comment donc êtes-vous ici ? »

Jean Valjean ne sait que répondre. Pour gagner du temps, il pose question sur question.

« Et qu'est-ce que c'est que cette cloche que vous avez au genou ?

– Ça ? répond Fauchelevent, c'est pour qu'on ne me dérange pas.

– Comment ! pour qu'on ne vous dérange pas ! »

Le vieux Fauchelevent le regarde en souriant :

« Ah ! dame ! Il n'y a que des femmes dans cette maison-ci ! beaucoup de jeunes filles. Il paraît que je serais dangereux à rencontrer. La clochette prévient. Quand je viens, elles s'en vont.

– Qu'est-ce que c'est que cette maison-ci ?

– Tiens, vous savez bien.

– Mais non, je ne sais pas.

– Eh bien ! c'est la maison des religieuses du Petit Picpus ! »

Jean Valjean reprend à voix lente :

« Père Fauchelevent, je vous ai sauvé la vie.

– C'est vrai et je m'en suis souvenu le premier, répond Fauchelevent.

– Eh bien, vous pouvez faire aujourd'hui pour moi ce que j'ai fait autrefois pour vous. »

Fauchelevent prend dans ses vieilles mains tremblantes les deux solides mains de Jean Valjean, et reste un moment sans pouvoir parler. Enfin, il s'écrie :

« Oh ! ce serait une grande joie ! Monsieur le maire, je suis à vos ordres ! Que voulez-vous que je fasse ?

– Je vous expliquerai cela. Vous avez une chambre ?

– J'ai une petite maison, là-bas dans un coin que personne ne voit. Il y a trois chambres.

La vieille maison est bien cachée. « Bien, dit Jean Valjean. Maintenant, je vous demande deux choses.

– Dites, Monsieur le maire.

– D'abord, vous ne chercherez pas à en savoir plus.

– Comme vous voudrez. Je sais que vous ne pouvez faire que du bien et que vous avez toujours été un homme du bon Dieu. Et puis d'ailleurs c'est vous qui m'avez mis ici. Ça vous regarde. Je suis à vous.

– C'est dit. Maintenant, venez avec moi. Nous allons chercher l'enfant.

– Ah ! dit Fauchelevent. Il y a un enfant ! » Il n'ajoute pas une parole et suit Jean Valjean comme un chien suit son maître.

Moins d'une demi-heure après, Cosette, redevenue rose devant un feu, dort dans le lit du vieux jardinier. Jean Valjean a remis sa cravate et sa veste ; le chapeau lancé par dessus le mur a été retrouvé et ramassé. Fauchelevent a enlevé sa clochette. Il l'a accrochée à un clou. Les deux hommes se chauffent devant une table où Fauchelevent a posé un morceau de fromage, du pain, une bouteille de vin, deux verres, et le vieux a dit à Jean Valjean en lui posant la main sur le genou :

« Ah ! père Madeleine ! Vous ne m'avez pas reconnu tout de suite ! Vous sauvez la vie aux gens et après vous les oubliez ! Oh ! C'est mal ! Eux, ils se souviennent de vous ! Vous allez voir. Je vais vous faire employer ici. Je dirai que vous êtes mon frère et Cosette votre petite fille. »

Ainsi est fait... Plusieurs années vont couler dans la paix.

Mots et expressions

La justice

Arrêter : mettre en prison.

Chaîne, *f.* : une sorte de grosse corde en métal qui pouvait servir à attacher les prisonniers.

Chasse, *f.* : sport où on poursuit des animaux pour les tuer. Quand la police suit quelqu'un pour l'arrêter on dit qu'elle est en chasse.

Être condamné : être puni par la justice.

Condamné à vie, *m.* : quelqu'un qui a été condamné par la justice à passer le reste de sa vie en prison.

Gendarme, *m.* : policier qui appartient à l'armée.

Prison, *f.* : endroit où l'on enferme ceux qui ont fait des choses interdites par la loi.

Prisonnier, *m.* : quelqu'un qui est en prison.

L'argent

Affaires, *f.* : activités commerciales.

Bon marché : pas cher du tout.

Un client : ici, celui qui paie pour manger et avoir une chambre.

Dépenses, *f.* : ce qu'on doit payer.

Devoir : ici, avoir des dettes.

S'enrichir : devenir riche.

Faire de bonnes affaires : gagner beaucoup d'argent grâce à son travail.

Louer : payer pour avoir quelque chose pendant un certain temps.

Millionnaire, *m.* : une personne très riche, qui possède des millions.

(Les) Moyens (de quelqu'un) : tout l'argent qu'il possède.

Note, *f.* : ce que le voyageur, le client doit payer.

Sou : cinq centimes, 1 franc = vingt sous. C'est la monnaie qu'on utilisait autrefois en France.

COLLECTION LECTURE FACILE

TITRES PARUS OU À PARAÎTRE

Série Vivre en français

Niveau 1 : La Cuisine française* ; Le Tour de France*.

Niveau 2 : La Grande Histoire de la petite 2 CV* ; La chanson française** ; Paris** ; La Provence*** ; L'Auvergne*** ; L'Alsace.

Niveau 3 : Abbayes et cathédrales de France** ; Versailles sous Louis XIV*** ; La Vie politique française*** ; Le Cinéma français***.

Série Grandes œuvres

Niveau 1 : Carmen*, *P. Mérimée* ; Contes de Perrault* ; Aladin ; Le Roman de Renart ; Les Trois Mousquetaires (T. 1) et (T. 2), *A. Dumas* ; Les Misérables (T. 1) et (T. 2), *V. Hugo* ; Le Tour du Monde en 80 jours, *J. Verne*.

Niveau 2 : Lettres de mon moulin*, *A. Daudet* ; Le Comte de Monte-Cristo (T. 1) et (T. 2)*, *A. Dumas* ; Les Aventures d'Arsène Lupin*, *M. Leblanc* ; Poil de Carotte**, *J. Renard* ; Notre-Dame de Paris (T. 1) et (T. 2)**, *V. Hugo* ; Les Misérables (T. 3), *V. Hugo* ; Germinal**, *É. Zola* ; Tristan et Iseult*** ; Cyrano de Bergerac***, *E. Rostand* ; Sans Famille, *H. Malot* ; Le Petit Chose, *A. Daudet* ; Cinq Contes, *G. de Maupassant* ; Vingt mille lieues sous les mers, *J. Verne*.

Niveau 3 : Tartuffe*, *Molière* ; Au Bonheur de Dames*, *É. Zola* ; Bel-Ami**, *G. de Maupassant* ; Maigret tend un piège, *G. Simenon* ; La tête d'un homme, *G. Simenon* ; L'Affaire Saint-Fiacre, *G. Simenon*.

Série Portraits

Niveau 1 : Victor Hugo** ; Alain Prost***.

Niveau 2 : Colette*, Les Navigateurs français**.

Niveau 3 : Coco Chanel** ; Gérard Depardieu* ; Albert Camus***.

Trois dossiers de l'enseignant sont parus.

* Titres exploités dans le dossier 1.
** Titres exploités dans le dossier 2.
*** Titres exploités dans le dossier 3.

Imprimé en France par I.M.E. - 25110 Baume-les-Dames
Dépôt légal n° 5978-09/2000
Collection n° 04 - Édition n° 05
15/5053/2